七代目火影
NARUTO
RETSU
DEN

NARUTO -ナルト-

ナルト烈伝

うずまきナルトと螺旋の天命

岸本斉史 江坂 純
MASASHI KISHIMOTO JUN ESAKA

NARUTO RETSUDEN

Uzumaki Naruto and his best buddies

contents

目次

character

人物紹介

うずまきナルト
七代目火影。木ノ葉隠れの里の英雄。

うちはサスケ
ナルトのライバルにして友。元第七班。

うちはサクラ
サスケの妻。元第七班。

はたけカカシ
六代目火影。ナルトたち元第七班の師。

奈良《なら》シカマル
七代目火影の相談役。元第十班。

秋《あき》道《みち》チョウジ
倍化の術の使い手。元第十班。

秋《あき》道《みち》カルイ
チョウジの妻。元雲隠れの忍。

山《やま》中《なか》いの
山中花店の娘。元第十班。

山《やま》中《なか》サイ
超獣偽画の使い手。山中いのの夫。

ロック・リー
木ノ葉一の努力の天才。元第三班。

うずまきヒナタ
日向家出身の白眼使い。元第八班。

犬《いぬ》塚《づか》キバ
忍犬使いで、相棒は赤丸。元第八班。

テンテン
忍具屋店主の忍具使い。元第三班。

油《あぶら》女《め》シノ
忍者学校の教師。元第八班。

うみのイルカ
ナルトの恩師。忍者学校校長。

ヤマト
木遁忍術の使い手。元暗部「根」に所属。

シズネ
火影の秘書で、医療忍術の使い手。

風《かざ》祭《まつり》モエギ
シカダイたち第十班の担当上忍。

伊《い》勢《せ》ウドン
メタル・リーたち第五班の担当上忍。

うずまきボルト
ナルトとヒナタの息子。木ノ葉の下忍。

うちはサラダ
サスケとサクラの娘。木ノ葉の下忍。

ミツキ
大蛇丸の息子。木ノ葉の下忍。

うずまきヒマワリ
ボルトの妹。白眼を受け継ぐ。

奈良《なら》シカダイ
シカマルとテマリの息子。木ノ葉の下忍。

奈良《なら》テマリ
五代目風影・我愛羅の姉。シカマルの妻。

黒《くろ》ツチ
岩隠れの里の四代目土影。

我愛羅《ガアラ》
砂隠れの里の五代目風影。

カンクロウ
五代目風影・我愛羅の兄で、テマリの弟。

大蛇丸《オロチまる》
元木ノ葉の忍。伝説の三忍の一人。

香燐《カリン》
感知タイプの忍。大蛇丸のアジトで働く。

鬼灯水月《ほおづきスイゲツ》
霧隠れ出身。大蛇丸のアジトで働く。

雨野《あめの》ちはれ
国際機関・賢学院の科学者。

寒辺《かんへん》フリエ
国際機関・賢学院の事務局長。

序章

prologue

「母さん。火影《ほかげ》様、そろそろ出てくるかな？」

小さな手のひらが、顔の横ではためくスカートの裾《すそ》をきゅっと握りしめた。

「そうだね。もうすぐ会えるね」

母親はおっとりと、丘の上に建つ神殿に視線を上げた。

砂岩を積み上げた質素な社《やしろ》の中では、今まさに、七代目火影と〈階《きざはし》の国〉の大名《だいみよう》との会談が行われている。就任後初の来訪となる「英雄」の姿を一目見ようと、麓《ふもと》には大勢の人々が集まっていた。

なだらかな丘の斜面のあちこちで空気が揺らめき、橙色《だいだいいろ》の炎が細い煙を上げている。誰が燃やしたわけでもない。この丘は、記録に残る限り四千年以上もの間ずっと、雨の日も途絶えることなく燃え続けているのだ。この消えない炎は、神の祝福とも悪魔の呪詛《じゆそ》ともみなされて、古来より崇拝と畏怖《いふ》の対象とされてきた。

やがて第四次忍界《にんかい》大戦が終わり、五大国《ごたいこく》の協定を基盤にした社会平和が訪れると、小国の片隅《かたすみ》で燃え続ける不思議な炎の噂《うわさ》が当時の火影だったはたけカカシの耳に届き、調査団が派遣されることとなった。彼らによる、科学と忍術の両方を駆使した調査の結果わかったのは——この丘の下に眠る、膨大《ぼうだい》な天然ガスの存在。地下から噴《ふ》き出《だ》した天然ガスが、地熱で発火して燃えていたのだ。

絶えることのない炬火《きょか》の熱はゆるやかな風を起こし、くすんだ色の野草やちんまりと咲いた菫《すみれ》の花弁をさわさわと揺らし続けている。

七代目火影と階の国の大名は、予定時刻ぴったりに神殿から出てきた。どうやら会談はつつがなく終了したらしい。

「火影様！」

「七代目！　こっち向いてー！」

「螺旋丸《らせんがん》やってェー‼」

階段下に集まった群衆たちから、歓声があがる。

声援に応《こた》え、七代目火影が本当に螺旋丸を作ろうと腕を持ち上げたのを見て、後ろに控《ひか》えていた木ノ葉《は》の護衛が慌《あわ》てて押さえつけた。

「火影様、軽々しく螺旋丸を披露《ひろう》しないでください！　国防に関わります！」

「なんだよ。いいじゃねえか、ちょっとくれー……」

七代目火影は口をとがらせて、しぶしぶ腕を下ろした。

うずまきナルト。

木《こ》ノ葉隠《はがく》れの忍《しのび》のトップにして、火《ひ》の国の守護者である〈七代目火影〉の地位に就《つ》く、若きリーダーだ。閃光《せんこう》のような明るい金髪に、夏のラムネソーダを思わせる青い瞳《ひとみ》。三十代も半《なか》ばに近いはずだが、気取らない仕草には、どこか少年らしいあどけなさがにじんでいる。

あの九尾《きゅうび》の狐《きつね》の人柱力《じんちゅうりき》であることはもはや公然の事実だが、本人の顔立ちはキツネというよりタヌキ寄りだ。目も鼻も口もでかいのに加え、表情が豊かでどのパーツもよく動く。派手なのは表情だけでなく、一挙手一投足すべてが大振りなので、とにかく何かにつけ周《まわ》りの人間の目を引いた。吸引力の強い、典型的な「人たらし」タイプのリーダーだが、彼の場合は愛され方が突き抜けている。

七代目火影は数名の護衛を伴《ともな》い、丘の斜面に作られた階段を、山裾に向かってゆっくりと降り始めた。足元に敷《し》かれた赤い絨毯《じゅうたん》はこの日のために用意された特注品で、麓の野辺に停泊した飛行艇《ひこうてい》の乗り口まで帯状に長く続いている。

ふと階段の途中で足を止め、ナルトはまぶしそうに目を細めて視線を遠くに投げた。彼の視界にはきっと、高層ビルが雲を突かんばかりに建ち並んだ遠景が見えているはずだ。丘の裾から繋《つな》がる色あせた野辺は首都との境界で突然終わり、無機物の織《お》りなすコスモポリタンへと切り替わる。

この地で採《と》れる「階《きざはし》ガス」が、大型輸送機関の燃料として五大国で広く使われるようになって以降、階の国は急速な発展を遂げた。国内総生産は十年前の十七倍にまで増え、インフラが整備されて福祉は過剰なほどに充実し、平均寿命は二十年も延びた。

金は浴びるほどある。足《た》りないのは、伝統。そして英雄の物語だ。

「火影様、今回の階の国への滞在はいかがでしたか？」

階段を降りきったところで、待《ま》ち構《かま》えていた取材陣が七代目火影を取《と》り囲《かこ》み、マイクを向けた。

「階の国の発展を直《じか》に感じられたのは、嬉《うれ》しかったな。先代火影の時に派遣された調査団には、オレも護衛として同行してたからよ。階の国の発展を、こうして肌《はだ》で感じることができただけでも、来て良かったってばよ」

火影のコメントに、「また来てくださーい！」と黄色い声があがる。

「はは……まあ、また機会を見つけて」

火影が軽く笑って答えると、群衆たちの間から一斉《いっせい》に拍手が起きた。

伝統ある忍里《しのびざと》の長《おさ》たちは、階の国の人々のあこがれだ。特に、木ノ葉隠れの里のリーダーである火影への信頼は篤《あつ》い。十数年前、まだ鍛冶《かじ》業を生業《なりわい》にして細々と暮らしていたこの国に、火の国の大名まどかイッキュウと六代目火影が開発援助金を供与していたからだ。階ガスの精製法が確立し、国民一人当たりの総生産で階の国が火の国を三倍も上回るようになってからはさすがに援助を打ち切られたが、国民たちは火の国に貧しい時代を支えられたことを忘れてはいない。

多くの人から好かれ、影響力を持てば持つほど、必然的に敵も増える。今回、うずまきナルト暗殺計画を依頼してきた人物も、きっとその一人だったのだろう。

マスコミ対応を続けるナルトの横顔をじっと見つめ、畔《あぜ》ヤナルは、きゅっと目を細めた。暗殺専門の抜《ぬ》け忍《にん》である彼は、今、変化《へんげ》の術で見た目を変えて、ナルトのすぐそばまで接近している。

標的が一人になった隙《すき》を狙《ねら》うのが暗殺のセオリーだが、ヤナルの場合は、あえて人目に付く場所を選ぶことが多い。不特定多数の目がある場所での不意打ち――それを可能にするのが、多重影分身《たじゅうかげぶんしん》の術を駆使したフォーマンセルでの囲い込みだ。

ヤナルは血継限界《けつけいげんかい》により、分身が消えた場合の記憶の蓄積を、本体だけでなく残りの分身との間でも共有することができる。不測の事態が前提の暗殺現場において、密に情報を交換できることは大きなメリットだ。

彼の影分身――「以《い》」「呂《ろ》」「波《は》」の三名は、すでに配置について火影の命を狙っている。一方、火影についた護衛はたったの三人。

提示された報酬《ほうしゅう》は莫大《ばくだい》だ。この仕事を成功させれば、あとは三代先まで遊んで暮らすだけ。

ヤナルは麓に集まった群衆を眺《なが》めまわし、ふう、と息をついて緊張を逃がした。

七代目火影の命は金になる。階ガスなんかより、ずっと。

ヤナルの影分身の一人――「以」は、生《お》い茂《しげ》った枝葉の中に身を隠し、木の上から七代目火影を狙っていた。

火影が歩く道には、羊毛を贅沢《ぜいたく》に蘇芳《すおう》で染めた豪華な絨毯が敷かれている。ルートが丸わかりなうえに、周囲には野辺が開《ひら》けるばかりで死角になる場所がほとんどなく、どうぞ狙ってくださいと言わんばかりのロケーション。火影の片腕である奈良《なら》シカマルが文句を言わなかったはずはないのだが、階サイドが押し通したのだろう。この丘が国にとって一番神聖な場所だから、とかなんとか言って。

「以」は片手に握った小銃に触れ、射撃の手順を再確認した。

雇い主から支給された、最新鋭の光子銃《フォトンガン》――四十万ワットの高出力光線《エキシマ・レーザー》を放出して、遠距離から敵を攻撃するための武器だ。レーザーの高熱は細胞から細胞へと瞬時に伝わるため、髪の先をかすっただけでも数分のうちに全身が高温になり、内側から破裂する。

グリップを握り直して顔を上げれば、遠慮のないマスコミたちが七代目火影に矢継《やつ》ぎ早《ばや》の質問を浴びせている。

「火の国は、ウチだけでなく風《かぜ》の国からもガスを輸入していますよね？　風の国は昔から火の国と関係が深いかと思いますが、両国がお互いを優遇することで、階ガスを市場から閉《し》め出《だ》そうとしているのではという噂についてはどう思われますか？」

「ええ〰〰〰、誰が言ってんだ、それ。ありえねーってばよ。風影《かぜかげ》は昔からの友人だけど、国同士の交渉はまた別の話だからな」

「では、優遇はないと？」

「ないない。ウチはたくさんガスを輸入してるのに、我愛羅《ガアラ》のやつ、全っ然友達価格にしてくんねーんだよ」

記者たちの間から笑い声があがった。天然か計算か、報道陣の無遠慮な質問を、七代目火影はのらりくらりと巧《たく》みにかわしてしまう。

「以」はちらりと腕時計を確認した。囲み取材の時間は十分と決められている。もうすぐ火影は、彼に踏まれるためだけに作られたあの絨毯の上を歩いて、飛行艇へと向かうはずだ。隙だらけで。

そこを狙う。

じりじりと光子銃《フォトンガン》を握りしめ、「以」が乾いた唇《くちびる》をなめた、その時——

ひゅうっと、剣風が頰《ほお》をかすめた。

「ん？」

ふと横を見た瞬間、ビィィイン！　と空気を震わせ、小刀が木の幹に突き刺さる。

「以」は度肝《どぎも》を抜かれながらも、幹の裏側へとまわって身を縮めた。

安全な遠距離から火影をしとめるはずが、なぜかこっちが攻撃を受けている。

いつ、どうして、こっちの場所がバレた？　小刀を投げたのは誰だ？　どこにいる？

混乱した頭のまま、ともかく反撃しようと懐《ふところ》に手を突っ込んだ。

頭上の葉がさわさわと揺れ、木の葉が膝《ひざ》の上に落ちてくる。光子銃《フォトンガン》のグリップを握った「以」の手首を、グローブをはめた手のひらが摑《つか》んだ。

「え……」

顔を上げると、山羊《やぎ》のように眠たげな目と視線が合った。口布で顔を隠した、ユルそうな男の顔。

見覚えがある、どころじゃない。この男は……

「はたけカカ……」

言い終わる前に、クナイが「以」の喉元《のどもと》に沈み込んだ。ぐりんと旋回《せんかい》した剣尖《けんせん》が骨ごと肉を断《た》ち、噴き上がった血しぶきが葉叢《はむら》の新緑をまだらに染めて——

ポン！

煙に包まれ、「以」はあとかたもなく消え去ってしまった。

「以」が消えると同時に、本体《ヤナル》と二人の分身「呂」「波」の頭の中には、死の間際《まぎわ》に彼が経験した記憶が流れ込んできた。

「以」が最後に見た光景は、想像しうる限り最悪だ。

はたけカカシ。気だるげに見えるたれ目といい、覇気《はき》のない振る舞いといい、一見するといかにもチョロそうな男だが、その見た目に惑《まど》わされる忍はさすがに五大国にはいまい。先代火影だった彼の顔は、あまりにも知られすぎている。

そもそも階ガスの調査団を派遣したのはこの男なのだから、階の国では七代目火影に勝《まさ》るとも劣らない人気があった。にもかかわらず、群衆の中の誰一人として彼に気づかずいるのは、カカシが完璧《かんぺき》に気配を消していることの証《あかし》だろう。

六代目火影を引退してからは、趣味の温泉巡《めぐ》りを楽しむ悠々自適の日々、と新聞の三面記事で読んだ記憶がある。それがまさか、いまだ現場に出て、しかも七代目火影の警備に参加しているなんて――

「呂」は、足元の土を草鞋《わらじ》でゆっくりとにじった。

はたけカカシは、小刀の一投目をわざと外《はず》すことで、分身に自分の姿を視認させたのだ。目的はおそらく、威嚇《いかく》。はたけカカシを相手に勝ち目などないのだから、三流暗殺者はおとなしく手を引け、と言外に牽制《けんせい》している。

有名人の自覚があるとは、イヤミなヤツめ。わざわざ首を落としたのは、抵抗の余地がない力量差を見せつけるためか。

すう、と細く呼吸する。数秒、息を腹にため、吐き出そうと開きかけた唇を、何かに塞《ふさ》がれた。

落ち着け。動揺を顔に出すな。挙動を乱せば見つかる――

「呂」は、手を袖《そで》の内側に引っ込めて汗を吸わせた。


「――!!」

続けざまに首に腕をまわされ、絞《し》め上《あ》げられてヒュッと息が漏《も》れる。

「呂」はとっさに、自分の口を塞ぐ何者かの手首を摑んだ。

細い。女の手首だ。

なんとか逃《のが》れようと、「呂」は背後に向かって左足を蹴《け》り上《あ》げたが、悪手だった。つま先がブンと宙を蹴って空振《からぶ》りに終わり、しかもその隙をつくように、軸足に足払いをかけられてしまったのだ。傾いた身体《からだ》を女の片足にがっしりとホールドされ、いよいよ「呂」は身動きが取れなくなった。

酸欠に陥《おちい》った脳が、機能を失っていく。

朦朧《もうろう》とする意識の中で、背中に柔らかいものが触れているのが、ぼんやりと感じられた。やはり女だ。

はたけカカシとともに、七代目火影の警護についている女性の忍者。群衆の誰にも気づかれずに自分を始末する手際の良さと、抵抗する余地のない強力《ごうりき》。

……春野《はるの》サクラか。

確信したが、その推測が正しいかどうか、とうとう「呂」は確認できなかった。自分の首を絞める相手の顔を一目も拝めぬまま——「呂」は煙となって消えた。

どうなってる。警備は手薄なはずじゃなかったか。

「波」は焦っていた。はたけカカシに、春野サクラ——忍なら名を知らぬ者のいない凄腕《びんわん》が、二人も七代目火影の警備についている。面と向かって戦えば、十対一でも敵《かな》いっこない連中だ。

七代目火影は、飛行艇に向かってゆっくりと歩いていく。

落ち着け、と「波」は自分自身に声をかけた。

オレは分身だ。攻撃されても消えるだけで、死ぬわけじゃない。「呂」が消えてから、もう五秒は経《た》っている。それでもまだ無事でいるということは、連中はまだ、オレが暗殺者だとは気づいていないということだ。

「波」は、上着の内側に隠した光子銃《フォトンガン》に触れた。

大丈夫だ。オレならできる。

ふう、とため息を吐き出し、火影が目の前に来るのを待つ。あと少し——……あと、数歩だ。

その時、赤い絨毯が作る花道の向こう側に、黒髪の男が立っているのに気づいた。周りより頭ひとつぶん背が高いので、よく目立つ。皆が火影に視線を注ぐなか、彼だけは、なぜか火の国の英雄ではなく十把《じっぱ》一絡《ひとから》げの庶民たちに視線を配っている。

その端正な顔立ちは、忍の間ではあまりに有名だ。

うちはサスケ――あんなバケモノまで警備に参加しているのか。

正攻法では無理だ。瞬時に判断して、「波」は手近にいた女を引き寄せた。

「動くな！　この女を殺すぞ！」

女のこめかみに銃口を当てて叫ぶと、周囲にひしめいていた群衆たちが、悲鳴をあげて散っていった。足を止めた火影を背に守るようにして、サスケがザッと立ちはだかる。

好都合だ。光子銃《フォトンガン》には、縦に並んだ成人男性を七人まとめて貫《つらぬ》ける火力がある。二人まとめて始末してやる……！

銃口をサスケの胸に向けようと、男は腕を持ち上げた。はずが、どういうわけか、動いたのは腕ではなく指だ。軽く曲げた中指が勝手に動き、トリガーをくっと引く。

銃口からレーザーが放出されて、女のこめかみをほとんどゼロ距離から貫いた。

バンッ!!

破裂した頭部の内側から飛び出してきたのは――無数の烏《からす》。

「え？」

黒檀《こくたん》の羽毛があたりを舞う。

急にくらりと眠気が来て立っていられなくなり、「波」はその場に膝をついた。

幻術《げんじゅつ》だ。わかってはいても、下りてくるまぶたに逆らえない。

――ポン！

小さな破裂音とともに、「波」は姿を消した。


分身が、全員やられた――

ヤナルは唇を噛《か》んだ。

はたけカカシ。春野サクラ。そして、うちはサスケ。今日の七代目火影の警護《セキユリテイ》は豪華すぎる。火影自身の強さを考えれば、どう考えても過剰だ。今回の視察が、それほどの重要事項とは思えない。

あるいは――やはり、あの情報は事実だったのだろうか。

七代目火影は重篤《じゅうとく》な病《やまい》にかかり、一般人並の戦闘力レベルまで弱体化しているとの事前情報。まさかそんな都合の良い話はあるまいと話半分に聞いたが、こうなると現実味を帯びてきた。それほどの事態でもない限り、このメンツは拝めまい。

だとすれば……この状況はむしろ、千載一遇《せんざいいちぐう》のチャンスじゃないか。

「火影様」

ヤナルは、絨毯の途中で立ち止まり、後ろを歩く火影の方を振り返った。

「ん」

うずまきナルトもつられて足を止め、屈託《くったく》のない青い瞳をヤナルに向ける。この三日間、ずっと同行して護衛についていたヤナルのことを、微塵《みじん》も疑っていないようだ。

ヤナルはすっと火影に近づき、身体を斜めに入れて周囲から死角を作った。袖の内側に仕込んだクナイを、火影の胸へと向ける。

猛毒に濡《ぬ》れた切っ先を突き立てようとした――次の瞬間、身体《からだ》が、突然硬直した。

動かない。手も足も。まばたきすら。

「……めんどくせー」

ナルトが、億劫《おっくう》そうにため息をついた。

「まったく、手間かけさせやがって。刺客《しかく》はお前で最後だな？」

ハッ、とヤナルは短く息を吐いた。ナルトの掌底《しょうてい》が、鳩尾《みぞおち》にめり込んだのだ。思考が真っ白にかすんでいく。そのまま前のめりに倒れ、ナルトの腕に支えられた。

「モエギ、ウドン。こいつが本体だ。連れてってくれ」

ナルトの背後に控えていた二人の若い護衛が、すっと前に進み出てヤナルの身体を左右から支えた。

放せ、と言いたかったが、喉《のど》が硬直して言葉を発することができず、逃げようにも身体がまるで動かない。

唯一《ゆいいつ》まともに機能するのは耳だけだ。聞こえてくるのは、人々の歓声。どうやら集まった市民の誰一人として、眼前で繰《く》り広《ひろ》げられたこの攻防に気づいていないらしい。

ずるずると引きずられ、ヤナルはそのまま、待機していた階の警備たちに引き渡された。


七代目火影は人々の歓声に目線で応えながら、堂々とした足取りで進み、飛行艇のタラップを上《のぼ》った。船内に入る前に群衆の方を軽く振り返ると、歓声がひときわ大きくなる。飛び上がってぶんぶんと諸手《もろて》を振るう少年と目線を合わせ、七代目火影は小さく手を振り返した。

飛行艇が離陸すると火影はスタッフを遠ざけて船内を進み、奥に用意された客室へと向かった。ドアを引く直前、周囲の気配を探って人目がないことを確認し、部屋の中に滑《すべ》り込《こ》む。

客室の真ん中には、うずまきナルトが転がっていた。

「ん――っ！　んごんぐぐ、ぐご、ぐむむ！」

両手足を縛《しば》られ、ご丁寧に猿ぐつわまで嚙まされている。

「にらむなって。あと、なんて言ってんだか、全然伝わんねえぞ」

唾液に濡れた猿ぐつわを外してやるなり、ナルトは大口を開けて喚《わめ》いた。

「シカマルてめえっ!! 今すぐこの縄ほどけ!!」

「仕方ねえだろ。お前、オレたちの言うこと聞きゃしねえんだから」

「今日《きょう》の会談はオレが自分で出るって言っただろうが!」

ポン!

いつもの破裂音。七代目火影に変化して会談に臨《のぞ》んでいたシカマルは、もとの自分の姿に戻ると、めんどくさそうに頭をかいた。

「会談はおおむねこっちの要求を通した。ガスの輸入価格は据《す》え置《お》き、値上げナシ。だからかわかんねえが、暗殺者が紛《まぎ》れ込《こ》んでお前を狙ってたよ。やっぱりオレが替え玉になったのは正解だったな」

「……なに?」

暗殺者と聞いて、ナルトの顔色が変わる。

「被害は出てねえんだろうな?」

「出すわけねーだろ。誰が警護についてたと思ってんだ」

淡々と言いながら、シカマルはナルトの縄を解いてやった。チャクラを濃縮して編《あ》み込《こ》んだ、科学忍具《にんぐ》班渾身《こんしん》の強化ロープだ。今のナルトの体力では引き千切《ちぎ》れない。

「暗殺者は、多重影分身が三人と本体で構成されたフォーマンセル。分身どもは警護チームが処理したよ。本体の方は、影真似《かげまね》で捕《と》らえて階サイドに引き渡した。雇い主について、うまく口を割ってくれりゃあいいんだけどな」

「警護チームって……まさか」

ナルトの嫌《いや》な予感に応えるように、天井の板がガタッと外れ、三つの人影が音もなく下りてきた。はたけカカシにうちはサクラ、そしてうちはサスケ——本日の、七代目火影警護チームの面々だ。

三人の顔を順番に見つめ、ナルトは悔《くや》しげに視線を落とした。

「……護衛は要《い》らねえって……言ったじゃねえかよ」

悔しくてたまらなかった。

自分がこんな状態にさえなければ——たかが火影の警護ごときに、これほどの人員を割《さ》く必要などないのに。

一章

chapter 1

初めの異変は、半年前。

確かあれは、二徹目の夜——いや、それとも三徹目だったか。新条例の施行と五影《ごかげ》会談が重《かさ》なり、とにかく忙《いそが》しかった時期だ。数日前から身体《からだ》の調子はよくなかった。ぼんやりと怠《だる》く、微熱もあるような気がしたが、なにしろ寝ていないので、睡眠不足だろうと思っていた。

「ナルト、悪い。影分身《かげぶんしん》、もう一人出せるか？」

目の下にどぎついクマを作ったシカマルが火影室《ほかげしつ》に入ってきたのは、深夜二時過ぎのこと。

「土壇場《どたんば》で、賢学院《けんがくいん》のチャクラ研究が進んじまって。それ自体は喜ばしいんだが、おかげで会談資料の数字が変わって、ほとんど全差し替えだ。ど——————しても手が足《た》りねえ」

「お——……」

覇気《はき》のない返事をして、ナルトはパソコンから顔を上げた。

表計算ソフトの数字とにらめっこしていたせいで、目がチカチカする。椅子《いす》の背にもたれて目頭《めがしら》をもみ、しぱしぱと瞬《まばた》きを繰《く》り返《かえ》してから、何も考えずに印《いん》を結んだ。いつもみたいに。

――瞬間、胴を二つに裂くような激痛が、胸の奥を突き抜けた。

「あぁ……ッ!?」

「ナルト!?」

ナルトは前のめりに倒れ、ガンとデスクに頭をぶつけて、そのまま床《ゆか》の上に膝《ひざ》をついた。

痛みは一瞬で波が引くように消え、後に残ったのは、しびれるような余韻《よいん》だけだ。

「どうした、ナルト。どっか痛《いて》ェのか」

シカマルが、眉間《みけん》にしわを寄せてこちらをのぞき込んでいる。

「いや……一瞬、胸に、なんか」

ナルトはふらふらと立ち上がった。

なんだったんだ、今のは。経験したことのない激痛だ。

印を結んだせいか……？

おそるおそる、もう一度指を組んでみる。ポン！　と破裂音がして、分身が現れた。

「あれ……出た……」

「さっきはどうだったんだ」

「ああ、なんかよ、こう、すっげー激痛が、ぎゅいィィ～～んって」

あまり痛そうでない擬音《ぎおん》を交《まじ》えて説明をするナルトの肩を、分身がポンと叩《たた》いてからかった。

「高血圧じゃねーの、ラーメンばっか食ってっから」

「うるせー！　まだそんな歳《とし》じゃないってばよ！」

「…………」

言い合う二人を、シカマルはかたい表情でじっと見つめた。

現行の行政制度において、火影への負担が大きすぎるのはシカマルも承知している。改正案は大名たちにたびたび提出しているが、伝統を大きく曲げる行為でもあることから反対意見も強く、火急《かきゅう》の案件ではないとして議論を先送りにされているのが現状だ。

ナルトには、もうずっと長い間、無理をさせている。

かといって、休めとも言えないのがつらいところだった。そもそも火影は、火《ひ》の国の国防を担う「忍里《しのびざと》」という一機関のトップに過ぎない。はずが、長く戦乱の時代が続く間に国全体が忍に依存するようになり、比例して火影の権力も、本人の意思《いし》とは無関係にどんどん大きくなっていった。忍里といういわば軍部の長でありながら、行政をも統括《とうかつ》する——そんな火影の立場は極《きわ》めて繊細《せんさい》で、個人の裁量に大きく依存しており、要は代わりがいない。

「気休めにもなんねえが、飲んどけ」

シカマルが投げてよこしたのは、医療チーム配合の漢方薬だ。エナジードリンクでぐびりと飲みくだし、気合を入れ直して執務《しつむ》にあたるうち、一瞬胸に走った痛みのことなどすっかり忘れた。

二度目の激痛が来たのは、半月後のこと。

息子《むすこ》のボルトと一緒に、夕暮れの演習場にいた。五影会談が無事に終わり、しばらく構《かま》ってやれなかった穴埋《あなう》めにと、修業を見てやっていたのだ。

「はっ！　ほっ！　だっ！　でやっ!!」

ボルトが、続けざまに四度放《はな》った手裏剣《しゆりけん》は、くるくると回転しながらきれいに飛んで、東西南北の的《まと》にトントントントンと突き刺さった。

ボルトが最も苦手《にがて》とする、手裏剣やクナイの投擲《とうてき》訓練だ。

「っしゃ――――あッッ！　当たったぜぇ――っ！」

「おし、いい感じだな。じゃあ次は、もっときついカーブをかける練習だ」

「えー、これ以上かよぉ……それより、螺旋丸《らせんがん》の練習がしてえってばさ」

ボルトは、うらめしそうにナルトの方を振り返って口をとがらせた。

「大体、うちのチームにはサラダがいんだぜ？　手裏剣のことは、あいつに任《まか》しときゃーいいんだって」

「お前な。中忍《ちゆうにん》になったら、毎回同じメンツでチーム組むわけじゃねーんだぞ」

「だって、カーブってどうしたらいいかわかんねんだもんよ。コツとかねーの？　コツ！」

コツか……。

ナルトは、腰に手を当てて考え込んだ。

「そうだなぁ。お前、螺旋丸にカーブかけるのはできんだろ？」

「ちょっとなら」

「あれの感覚に近い気がすんな」

「……ってーと？」

ボルトの青い瞳《ひとみ》が、期待に輝いてナルトを見上げる。

「だからー、螺旋丸を曲げたいときは、こう……」

ナルトは、はたと言葉に詰まった。

手足を動かすのと同じで、意識せず感覚でやっている動作なので、改めて言語化しようとしてみても、しっくりくる言葉が見つからない。

「……ガッてして、ドンッてやるだろ。アレだ」

我《われ》ながら、伝わらない。

と、思ったのだが、意外にもボルトは「あー、わかるわ」と大きくうなずいた。

「ガッてして、ドンッて感じな。そっか、あの感じかー」

こいつ、オレの子だな。

なんだか嬉《うれ》しくなって、つんつんと逆立ったボルトの金髪を、ナルトは思いっきりかきまわした。

「なんだよ、やめろってば！」

身体をばたつかせ、肩をすくめてナルトの手をよけたボルトだが、嫌《いや》がっているわりにどことなく嬉しそうだ。

「よし、練習再開だ。父ちゃんが土遁《どとん》で障害物作ってやるから、今度はそれをよけながら的に命中させてみろ」

「へー、へー」

ボルトが、くるりとナルトに背を向けて、手裏剣を構える。

ナルトは、両手を組み合わせた。いつもやっているように、印を結んでチャクラを練《ね》ろうとした――その時。

ドクン！

いきなり、心臓が大きく跳《と》びはねた。胸の奥に、覚えのある激痛が広がる。

「――〰〰〰ッ!!」

悲鳴が出そうになり、ナルトは歯を食いしばった。

胸を押さえて、フーッと息を吐く。ボルトは、ナルトに背を向けていて、異変に気づいていない。

「ボルト……悪《わり》ぃ」

ナルトは、震えそうになる喉《のど》に必死に力をこめ、平静を装《よそお》った。

「父ちゃん、ちょっと……急用ができたみてーだ」

「え～っ、またかよぉ」

不満げな声をあげて、ボルトが振り返る。

しかし、それよりも早く、ナルトは地面を蹴《け》っていた。ヒュッ、と消えたようにしか見えない速さで、その場から離れる。

演習場の周《まわ》りは、訓練用の森に囲《かこ》まれている。木々の間を走り抜け、ナルトは旧市街へと急いだ。

心臓の拍動《はくどう》は、ドクドクとどんどん速くなっていく。ただごとじゃない。早く、病院に――サクラちゃんに、診《み》てもらわねーと。

ドクン！

ものすごい痛みが全身を突き抜け、ナルトはもんどりうって、その場に倒れ込んだ。

土の地面に爪を立て、なんとか身体を起こそうとするが、力が入らずべしゃりとくずおれてしまう。

「ぐ……っ！」

だめだ。とても、病院までたどり着けない。

這《は》うようにして必死に進み、なんとか逃げ込んだのは、森の中に建った鳥小屋だった。

連絡用の鷹《たか》を育てるために昔建てられたもので、忍界大戦《にんかいたいせん》のころにはまだ現役だったが、今はもう何年も使われていない。雨風にさらされた壁は崩れ落ちる寸前だ。もたれかかった金網のネジが飛び、ナルトは金網ごと小屋の中へと転げ込んだ。

「ハ、ァッ……ぐッ、クソ……」

小屋の中はひどい有様《ありさま》だ。雨水の染みた古い羽毛が異臭を放って散らかっている。腐ったおが屑《くず》の散乱する床を這い、ナルトは小屋の隅《すみ》にずるずるとうずくまった。

万が一にも、里の人々にこんな姿を見られるわけにはいかない。里を守るべき七代目火影の、こんな情けない姿。きっと不安がる。

「ぐぅ、ぁ、あ、ああ……っ!」

痛みの波が押し寄せ、息ができないほどの激痛が全身に広がっていく。

小刻《こきざ》みな痙攣《けいれん》が、身体の奥からこみあげて止まらない。

ナルトは背中を丸め、歯を食いしばって耐えた。

「く……ッ、……う、うーっ……」

汚泥《おでい》にまみれて、どれだけの間、そうしていただろうか。

背中をぐったりと壁に預け、あちこち板の抜けた天井を見上げて、ナルトは、ハァー、と息をついた。

いつの間にか、痛みは消えていた。顔中、涙と汗と唾液でぐちゃぐちゃだ。

「……稽古《けいこ》、最後までつけてやれなかったな」

ひとりごとのつもりだったが、頭の奥で返事があった。

――そんなこと気にしてる場合じゃねえだろ。

「なんだよ、九喇嘛《クラマ》……起きてたのか」

――入れ物があんだけ喚《わめ》いてりゃあ、目も覚める。

いつも寝起きは不機嫌《ふきげん》なくせに、今に限って九喇嘛の声ははっきりとしている。

――てっきり誰かに攻撃されてんのかと思ったが……ナルト、一体何があった。

「わかんねー」

ナルトは顔をぐいっと袖《そで》でぬぐうと、壁に手をついて立ち上がった。

「ただ、印を結ぼうとしたら、急に胸が痛くなって……」

――……印を？

「あぁ。この間も今回も、印を結ぼうとしたとたんに」

――ナルト。

九喇嘛の声が、一段低くなった。

――後悔したくなけりゃあ、信頼できる仲間を集めて一刻も早く調査を始めろ。

「調査？」

ああ、とうなずいて、九喇嘛はゆっくりと続けた。

そん時はどうにか治せたらしいが……ナルト、お前の場合もそうなるかはわかんねえぞ。

——六道《りくどう》のジジイが烈陀《レダク》国に滞在していたとき、同じ症状を起こしたことがあるはずだ。

●

旧市街にある和菓子店の軒先《のきさき》には、『苺大福終《いちごだいふく》わりました』と看板が出ている。

店長のたみは、従業員にも着せている桜色の羽織《はおり》を肩に引っかけて、涼み台に腰かけていた。頭の上に作った大きなお団子がよく目立つ。

「火影様」

ナルトに気づくと、律義《りちぎ》に立ち上がって笑顔を向けた。

「よー、たみちゃん。早仕舞《はやじま》いか」

「おかげ様で、今日もよく売れて。そろそろ二号店が出せそうです」

「そうしてくれると助かるな。うちの息子が、なかなか買えねえってボヤいてたからよ」

ふふ、と笑うと、たみは店の奥を目で指《さ》した。

「みなさん、もういらしてますよ。火影様が一番最後」

「おー」

ナルトは勝手知ったる風情《ふぜい》で店の戸を開けた。店頭に置かれたショーケースは現代風の硝子《ガラス》張りだが、一歩中に入れば昔ながらの木造家屋だ。狭い帳場の棚には帳面と算盤。部屋の隅では蚊《か》やりが燻《いぶ》され、細く伸びた煙が欄間《らんま》の隙間《すきま》から外へと逃げている。

ナルトは靴《くつ》を脱ぎ、上《あ》がり框《かまち》にのぼった。栞《しおり》代わりに帳面に挟まれたつまみ簪《かんざし》を抜き取り、だらだらに垂《た》れた枝垂桜《しだれざくら》の飾りの一本を、壁にあいた小さな穴に差し込む。

ヴン……

低い振動音とともに、カチリとロックの外《はず》れる音がする。

赤茶色の木材でできていたはずの壁が、一瞬で、アクリルボードのように透過した。

普段は透明だが、電圧をかけることで模様が浮き出る——液晶粒子を利用した、賢学院の発明品だ。あらゆる材質を質感までそっくりに再現することができるので、大きな物や部屋の入口などを隠しておくのに重宝する。

ナルトは壁を押し、回転扉のようにまわして、内側に入った。

この先は、隠し部屋だ。

店長のたみは、ペインが木《こ》ノ葉《は》隠《がく》れの里《さと》を襲ったとき、逃げ遅れたところをサクラに助けられたことがあり、それ以来、サクラによくなついている。ナルトたちの会合の場として『たみ和菓子店』の隠し部屋が提供されているのも、そういった縁からだった。

もっとも、たみは、まさか七代目火影が危機的状況にあるなどとは微塵《みじん》も思っていないだろう。ナルトたちは有名人だから、人目を気にせず友人と会う場所を求めている——その程度に思っているはずだ。

くぐり戸を抜け、狭い階段をトントンと上がる。

短い廊下の突き当たりにあるふすまを引くと、太い木材の梁《はり》が剝《む》き出《だ》しになった狭い屋根裏部屋で、行灯《あんどん》の明かりが揺れていた。

カカシ、サスケ、サクラ、そしてシカマルが、小さな炎を囲むようにして座っている。

ナルトは後ろ手にふすまを閉め、そのまま畳《たたみ》の上に胡坐《あぐら》をかいた。漆塗《うるしぬ》りの丸盆の上には、たみの気遣《きづか》いか、和菓子とお茶が用意されている。

「体調はどう?」

開口一番、サクラが、気づかわしげな視線を向けてきた。

「んー……まあ、変わんねえよ」

「良くなってないってことね。階《きざはし》の国から戻ってから、発作は何回あったの?」

「…………」

「正直に言いなさいよ」

サクラの声が険《けん》を帯びたのを察して、ナルトはしぶしぶ答えた。

「……二回。でっけーのが一回と、ちっちぇーのが一回」

そう、と相槌《あいづち》を打ったサクラの声は冷静だ。深刻にすまいと気を遣ってくれているのがわかる。

胸の激痛と、呼吸困難——最初の二回の発作はチャクラを練ったときだったが、三度目以降は、何もしていないときに突然起きるようになった。しかも、少しずつその頻度《ひんど》を増している。原因はわからない。サクラが診察したが、身体に異常は見当たらなかった。細菌やウィルスの感染も認められず、とにかくチャクラを使わないようにする以外に手だてがない。

状況を打開する唯一《ゆいいつ》の手掛かりが、六道仙人だ。九尾《きゅうび》いわく、かつて六道仙人も、ナルトと全《まった》く同じ症状に悩まされていたという。

——まだ、六道のジジイが身体ン中に十尾《じゅうび》を入れてたころの話だ。西にある、烈陀《レダク》国っつー田舎《いなか》に滞在していたときに発症して、そん時は結局無事に治ったらしい。どうやったかは、わかんねえがな。

「やっぱり、ヒナタにも、症状のことを話した方がいいんじゃないの？」

サクラに言われ、ナルトは無言で首を振った。

家族には、余計な心配をかけたくない。

「早速《さっそく》だが、進捗《しんちょく》を報告させてもらう」

シカマルが、落ち着いた口調で切り出した。

「国内の書庫を全部さらって、烈陀《レダク》国に関する記述を探したが——正直言って、今んとこ収穫はゼロだ。烈陀《レダク》国の存在自体、ほとんどの本で伝承として扱《あつか》われていて、具体的な記述がてんで見つからねー。頼りになりそうなのはこの一冊だけ」

シカマルは、畳の上にぽんと紙の束を投げた。書籍の該当ページのコピーだ。

「残念ながら中身は古代語で書かれてて、すぐには読めそうにねえが……固有名詞だけなんとか拾って、六道仙人が烈陀《レダク》国にいたころの記述があるのは確認できた。だが、こっから先は素人《しろうと》にはお手上げだ。今、賢学院に解読を依頼してるが……すぐには終わんねえだろうな」

賢学院というのは、忍界大戦後に五大国《ごたいこく》の合意によって創《つく》られた国際機関の名称だ。里の科学班とは違い特定の国家には属さず、科学、文化、教育の振興《しんこう》を目的に活動する。現在の本部は階の国に置かれていた。

「まいったねえ」

カカシはゆるい口調で言うと、急須のお茶をこぽこぽと湯飲みに注ぎながら、緊張感なく続けた。「収穫がないのは、オレも一緒。烈陀《レダク》国王に鷹を送って、六道仙人の滞在について聞いたけど、返事が来ない。何かあったのかもね」

四千メートル級の山脈によって外界から隔絶《かくぜつ》された烈陀《レダク》国は、数百年にわたって鎖国を貫《つらぬ》いてきた国でもあり、火の国を始めとする五大国とは全く異《こと》なる文化圏に属する。近年になり、カカシが六代目火影として烈陀《レダク》国王と書簡を交わすようになったのが、有史以来初めての公式な交流だ。手紙の内容は、お互いの国についての簡単な情報交換にとどまっており、国交というよりは、指導者同士のささやかな文通といった趣《おもむき》に近い。

今のままでは、手掛かりが少なすぎる。

「やはり現地に行くほかないな」

サスケが、ごく普通の口調で言った。視線の先では、行灯の丸い火影が、部屋全体を照らして揺れている。

オレが自分で行く――

喉元まで出かかった言葉を、ナルトはなんとか飲み込んだ。烈陀《レダク》国まで何日かかるかわからないのだ。公務でもないことで、七代目火影が長期間、留守にするわけにはいかない。

「オレが行くよ」

名乗りをあげたのは、カカシだった。「この中で、烈陀《レダク》国の王と繋《つな》がりがあるのはオレだけだ。引退したらいつか国王の顔を見に行こうと思ってたから、ちょうどいい。今なら暇だしね」

「五大国の最西までは雷車《らいしゃ》を使うとして……そこから首都まで、急げば二週間くらい？」

サクラの言葉に、「いや」とサスケが首を振った。

「高地の酸素濃度に身体を慣らす必要がある。二十日はかかるだろう」

「そっか。いずれにしても、少しでも早く発《た》った方がいいわね」

「……カカシ先生が、そんなことする必要ねー」

淡々と進む話し合いに、ナルトがぼそりと水を差した。

シカマルが、あきれたように視線を向ける。

「ねーわけねーだろうが。お前、このままじゃ困んだろ」

「でも……これは、オレの、個人的な問題だ。カカシ先生も……サスケもサクラちゃんもシカマルも、木ノ葉の大事な人材なのにこんなことに使うわけにいかねーだろ」

「それは、火影としての命令か？　ナルト」

サスケが、明らかに怒気《どき》をはらんだ口調で、問い詰めるようにナルトをにらんだ。

「従わない者は、忍失格か？」

ナルトが黙り込む。

短い沈黙を、カカシがすぐに破った。

「その通り、オレたちは忍失格だ。ナルト、お前が絡《から》むとね。期待に沿えなくて悪いけど、お前がどうにかなりそうなときに、建前なんて気にしてる余裕はないんだよ」

ナルトは、ゆっくりと視線を上げ、順番に仲間の顔を見た。

みんな顔には出さないけど、でも長い付き合いだから、どれだけ心配をかけているかはわかる。九喇嘛に、病を調査するための仲間を集めろと言われ、最初に声をかけた四人だ。

でも、本当は、誰にも知らせたくなかった。自分のことで、余計な心配はかけたくない。

「ま、お前の気持ちもわかるけど……」

胡坐をかいた右膝《みぎひざ》に軽く体重をのせ、カカシは続けた。「なんと言おうと、オレは烈陀《レダク》国へ行くよ。でもどうせ行くなら、できればプライベートじゃなくて、火影からの依頼って形にしてもらえると助かるなぁ。経費精算したいし」

経費精算が理由じゃないだろう。

ナルトは畳をにらんだ。カカシの烈陀《レダク》国訪問が後からマスコミに知られれば、「火影が里の忍を私的に動かしている」とバッシングされるかもしれない。でも、公的な任務として記録を残しておけば、少なくとも、私的な派遣だと責められることはなくなる。

「ナルト」

シカマルに呼ばれ、ナルトは無言で視線を上げた。

「火影の側近として言わせてもらえば、今は人員を割《さ》いてでも原因を探るべきだ。お前に何かあったときの里の損失はデカい。正直、五大国全体のパワーバランスに関わるレベルだぞ」

「この状況を招いたのはオレたちの責任でもある」

シカマルの後を引き取って、カカシが続ける。「長い間、お前に頼りすぎた。第四次忍界大戦でも、その後の復興でもね。今の平和を築けたのは、諸外国の大名連中がお前の戦力に一目《いちもく》置いて、火の国を立ててくれたことが大きい。だが、その結果――お前の肩の上にばかり、重いものをのせることになってしまった」

「そんなの……」

みんなだって、一緒だろ。

ナルトは、仲間の顔をぐるりと見渡した。

参謀として火影の表裏を支えるシカマルも、未開拓地での任務にあたり陰《かげ》から木ノ葉を守るサスケも、医療の発展に尽《つ》くすサクラも、六代目火影として今の木ノ葉の礎《いしずえ》を築いたカカシも――それぞれ役割は違えど、同じだけのものを背負っているはずだ。

「オレも行く」

いきなりサスケが宣言した。

「烈陀国《レダク》は都市国家だろう。首都に情報が集中しているとは限らない。使える足は多い方がいい」

「ダメだ、サスケ」

ナルトが、即座に言った。「オレの病気のことで、お前まで使うわけにはいかねえ。絶対にダメだ」

すでに、カカシという有能な人材を割いているのだ。この上サスケまで、ナルトの個人的な問題にかかずらわせるわけにはいかない。

「サスケ。お前には、里のために別の任務にあたってもらう。これは……これこそ、火影としての命令だ」

「従う必要はないな。オレは正式には忍じゃない。普段お前に協力してるのは、そうしたいからだ」

「ふざけんなよ、テメェ！」

ナルトの額《ひたい》に、青筋《あおすじ》が浮いた。「里の未来とオレの命、どっちが大事なんだよ！」

「お前の命だ。でなければ里の未来は守れない。お前が何と言おうと、オレは自分が最善だと思うことをする」

「お茶いる人？」

二人の言い合いを断《た》ち切《き》るように、サクラが急須を持ち上げた。

くれ、とシカマルが湯飲みを差し出す。オレにもちょうだい、とカカシが後に続いた。

注ぎ口から薄緑色の茶がゆるやかにこぼれ、渦を巻きながら湯飲みの内側を満たしていく。

「…………」

ナルトは瞳をきゅうっと狐《きつね》のように細くして、サスケをにらみつけた。サスケも、負けないくらいの強い視線をナルトにぶつける。

「……ま。まずは、オレが烈陀国《レダク》へ行っていろいろ探ってくるよ」

湯気を立てる湯飲みを両手で包み込んで、カカシがゆっくりと言った。「人手が必要だったら鷹を飛ばすから、サスケが来るのはそれからでも遅くないでしょ」

「そうね」

うなずきながら、サクラが苺大福を手に取る。「サスケくんは、久しぶりに、サラダやボルトたちの修業でも見てあげたらいいわ」

ナルトもサスケも、何も言わない。揺れる明かりを間に挟んだまま、にらみあっている。

ハァー、とシカマルが、めんどくさそうにため息をついた。


翌朝、国外任務の任命書に七代目火影の承認印を押させたその足で、カカシは烈陀国《レダク》へと旅立っていった。

カカシを派遣することへの罪悪感や、原因のわからない病への焦燥《しょうそう》をいつまでも引きずるには、ナルトは忙しすぎた。各所のこまごまとしたミーティングに出席する合間に、山のように来る稟議書《りんぎしょ》や決算書のチェックを済ませ、午後からは暗部《あんぶ》の監査報告を受け取って、挙動の怪《あや》しい国際機関の対応について協議。早急に対応すべきだの、証拠もないのに動くべきじゃないだの、会議はそこそこに盛り上がり、結局「今まで通り警戒を続ける」という現状維持の結論に落ち着いたときにはもう夕方だ。残っていた書類のチェックを済ませ、ようやく自分の仕事に取りかかれたころにはとっぷり日も暮れていて、夕飯代わりにチューブ式の栄養ゼリーを咥《くわ》えながらアカデミーの新カリキュラムについての提案をぽちぽち打ち込んでいたら、シカマルが来た。

「まだ帰ってなかったか」

片腕の上に開いたノートPCをのせたまま、シカマルはなにげない調子で「今日は、発作は？」と続けて聞いた。

「一回も起きてねえ」

本当は、昼間に一度。幸《さいわ》い火影室に一人でいるときで、症状もそれほど酷《ひど》くなく、扉を施錠《せじょう》してうずくまっているうちに治まった。

シカマルは「そうか」とうなずくと、後ろ手に扉を閉めた。

「喜べ、ナルト。賢学院から連絡が来たぞ。解読が進んだそうだ」

「！　ほんとか！」

ナルトは椅子を蹴飛ばして立ち上がった。

「解読チームにシズネさんが加わったのがでかいな。驚け、なんと一日で四行も進んだ」

「よっ……」

四行？　たったの？

「あからさまにガッカリしてんじゃねえっつの。この四行に、でけえ情報があったんだよ。烈陀国《レダク》を訪れた六道仙人は、ジャンマール＝タタルっつー天文学者が開いた天文学研究所で寝泊まりしてたらしい。病を治したのも、ここに滞在している間だった可能性が高いな」

「おぉ！　で？」

「で、って……それだけだ」

「なんだよ……」

肩を落とし、ナルトはすとんと椅子の上に戻った。そうしてから、はっと気がついて
「ま、でも、ちょっと前進したんだな！」と作り笑いを浮かべる。

「そ。前進だ。小せえ一歩に感じるかもしれねえけど、喜んどけ」

そう言うと、シカマルは近くにあったゴミ箱を引き寄せ、足を開いて座った。

「カカシ先生にも、鷹を送って知らせる。まずは予定通り、首都に向かってもらった方がいいだろうけどな。それから……階の国での暗殺未遂の件だが、実行犯の畔《あぜ》ヤナルは自殺したそうだ」

自殺、と聞いてナルトの顔がゆがむ。

「結局、主謀者の情報は聞けずじまいだな」

シカマルはかたい表情で続けると、ノートＰＣを操作して、一通のメールを表示させた。

「階の国の調査チームから、七代目火影への質問状が来てる。――恨《うら》まれる心当たりは？だとさ」

「え～……そんなの、ありすぎるってばよ」

「だよなあ」

火影として、ナルトは多方面に影響力を持つ立場にいる。必然的に恨みも買いやすい。平和の時代が続いて人々から忍界大戦の記憶は消えつつあり、木ノ葉の里人《さとびと》の中にさえ「戦争の英雄って、要は人殺しでしょ？」などと陰口を叩く者がいるくらいだ。

「あの会談のタイミングをわざわざ狙ったってことは、階がらみかもな」

シカマルが、めんどくさそうに眉根《まゆね》を寄せて言った。「今、ガスの値段をめぐってウチとあっちでバチバチやってるだろ」

「階《きざはし》ガスの件か」

「火の国の出資で賢学院に新エネルギーの開発させてるのが、階の連中には気に食わねェんだ。階ガスの需要が落ちれば立ち行かなくなるからな、あの国は」

ナルトは顔をしかめた。

確かに、階の国からは、新エネルギーの開発中止を求める嘆願（という名の圧力）が何度も来ている。『現在の経済バランスを壊すから』というのがその理由だが、そもそも市場は変化していくのが当たり前なのだから、無茶な理由だ。

ナルトだって、階の国の経済を削《けず》りたいわけではない。しかし火の国としては、いつまでもエネルギー供給を他国に依存し続けるわけにはいかないのだ。

「賢学院の事務局長が、どうも怪しくてな。暗殺の主犯じゃないかって疑う声がある」

シカマルは、ウェブブラウザを立ち上げ、賢学院の公式サイトにアクセスした。事務局長の顔写真が、組織紹介のページに掲載されている。眼鏡《めがね》をかけた神経質そうな男だ。

「寒辺《かんへん》フリエ。賢学院の事務局長で、エネルギー物理専門の科学者だ。生まれは階の国で、六代目火影の時代に特待生として火の国に留学してる」

「カカシ先生が支援金を出したから、火の国に来て勉強できたってことだよな。それでなんで恨まれなくちゃなんねーんだ？」

「うちへの恩より、祖国愛の方が強《つえ》えって可能性もあるだろ」

言いながらシカマルはＰＣのキーを叩いた。画面の表示が、木ノ葉隠れの里に所属する忍の一覧名簿に切り替わる。

「フリエが噛んでるかはわかんねえが、とにかく暗殺が計画されたことは事実だ。階の国にも調査を派遣した方がいいだろう。難易度的に下忍《げにん》はやれねえから、木ノ葉丸《こはまる》とミライと、あと何人かでチームを組ませて……」

「いや、サスケを向かわせる」

ナルトがきっぱりと言った。

「いいのか」

「あぁ。あいつはここにいる限り、オレのために動こうとするから……でも、あいつの代わりはいねえんだ。里のための任務に就《つ》いてもらわねーと」

「お前が決めたならいいけどよ。その任務、お前から通達するか？」

「いや……シカマル、お前から言ってくれ。いつもみてーに」

会話に区切りがつくのを見計らったかのように、コンコンと誰かがドアをノックした。

返事を待たずモエギが顔を出して、シカマルを呼ぶ。賢学院からまた連絡が入ったらしい。

「ナルト、お前の意思はわかった。サスケにはオレから通達しとく」

言い置いて、シカマルは火影室を出ていった。


結局、その日、ナルトが火影室を出たのは日付が変わったあとだった。

夜風が肌《はだ》に触れるだけで、ずいぶん気持ちよく感じるのは、それだけ疲れきっているからだ。暗闇《くらやみ》に沈んだ視界が、ＰＣモニターを見続けた眼球をゆるやかに癒《いや》してくれる。

「あぁ……づかれだ……」

靴を引きずるようにして旧市街を歩いていると、電線の向こうで夜気ににじんだ七つの顔が、ふと目に入った。

火影岩。

久しぶりにあそこからの光景を見たくなって、くるりと方向転換した。チャクラは使えないので岩肌に手をかけてよじのぼり、父親の火影岩の上に座って、旧市街を一望する。

家々の明かりがあちこちに灯《とも》った、まばらでささやかな夜景。

この小さな景色は、ナルトの誇りだった。あの柔らかい明かりの、ひとつひとつの下に人がいて、ご飯を食べたりお風呂に入ったりしているのだと思うと、嬉しかった。この里は平和だ。明日《あした》他国が攻めてきて殺されるのではと怯《おび》えたり、食べ物がなくなる脅威《きょうい》にさらされたり、任務に出かけた父親が帰ってこないのではと恐怖している人は誰もいない。

カカシ先生は、今では笑ってオビトやミナト班の昔話を聞かせてくれるし、サスケは、家族の墓参りにサクラとサラダを連れていくようになった。悲しい記憶を抱《かか》えたままでも、みんな、少しずつ前に進んでいる。

この世界を、父ちゃんと母ちゃんにも見せたかったな、と思う。エロ仙人にも、ペインにも、ネジにも。再不斬《ザブザ》と白《ハク》にも。木ノ葉の里は、こんなに平和になったんだって。

本当は、彼らにも、この世界にいてほしかった。生きて、一緒に、平和になってよかったねと笑い合えたらどんなによかっただろう。

みんなに生きていてほしかった。簡単に人が死んだり、苦しんだりする世界はもうたくさんだ。ナルトは、里を平和にしたかった。だから火影を目指したのだ。

みんなに認められた者が、火影になる。ナルトは、いつも、みんなのために働いてきた。

だからだろうか。誰かに何かをしてもらうのは、少し苦手だ。

背中にかばわれるくらいなら、誰かの盾《たて》になっていたいのに。

「…………」

ナルトは立ち上がり、自分のものより少し高い、四代目の鼻筋を見下ろした。いつの間にか、ミナトが殉職した年齢よりも年上になった。火影になるという夢を叶《かな》えた今も、ナルトの忍道《にんどう》はずっと変わらない。

まっすぐ自分の言葉を曲げないこと。

火影として里を守るという夢を、叶え続けること。

そのためには……強くないとだめなのに。

「なんとかしなきゃ、まずいよな……」

つぶやいてみるが、我ながら声に覇気《はき》がない。

不安をかき消すように、拳《こぶし》をぎゅっと握りしめる——と同時に、かくんと膝が落ちた。

電流のような痛みが、ズキンと胸の奥を貫く。

心臓の鼓動がどくどくと速まり、こめかみの奥で火花が弾《はじ》けた。

「——……っう……うあ、あっ……ッハァ……っ」

全身の激痛。呼吸困難と意識の混濁《こんだく》。

いつもの症状だ。でも、いつもより深い。

「なんで……ぁ、ぐ……いつもと、違っ……」

手足が震え、身体の奥がひくひくと痙攣して止まらない。喉の粘膜からふつふつと水分が蒸発していくみたいだ。

ナルトは四《よ》つん這《ば》いになって、が、ぐ、と歯を食いしばってうめいた。

ふっと飛びそうになった意識は、すぐに痛みに引き戻される。

落ち着け。いつもと同じだ。耐えてればそのうち治る。

自分に言い聞かせた矢先——味わったことのない激痛が、身体の奥から突き上がった。

「あぁ……ッ!?」

ナルトは口をパクつかせ、音にならない悲鳴をあげた。

心臓が暴れて跳《は》ね上《あ》がり、身体が焼けこげそうなほど熱くなる。

「〰〰ッ、ぐ、あ、あぁッ」

突き上がる熱と激痛で、視界が真っ赤に塗りつぶされた。

胸がねじれて、身体が内側から破裂しそうだ——熱い!!

「うあッ、あっ、ああぁ——……ッ!」

ぷつんと息が切れたように、意識が飛んだ。

四代目火影の顔岩から、ずるりと滑《すべ》り落《お》ちる。がたがたと痙攣しながら落下していくナルトの身体を、誰かの腕が受け止めた。

タン、と地面に着地した感覚で、吹っ飛んでいた意識がナルトの中に戻ってくる。

白く濁った視界に、足首まで覆《おお》う足袋《たび》を履《は》いた、見慣れた足が見えた。

「……サスケ……」

脇に抱えたナルトを地面の上に落とすと、サスケは手のひらの上でチャクラを練った。水遁《すいとん》の水を作り、ナルトの顔に向けてこぼしてやる。ぴちゃぴちゃと落ちてきた水は、オーバーヒート寸前だったナルトの頭の中をひんやりと冷やした。

サスケは無言で去っていこうとする。

その足音が、自宅があるのとは逆側に遠ざかっていくのに気づいて、ナルトはよろよろと上半身を起こした。

「待てよ、サスケ……」

かすむ視界に、必死に目を凝《こ》らす。

遠ざかっていくサスケは、任務に就くときにいつも着る、襟《えり》の着いた黒いロングコートを羽織っていた。コートの不自然なふくらみで、背中に長刀を差していることがわかる。

「てめえ……なんだ、その格好《かっこう》。どこに行く気だ」

サスケが足を止めて、振り返った。

「見ての通りだ。木ノ葉を発つ」

「天文学研究所に行くのか」

ああ、とサスケが平然とうなずく。せっかく冷えた頭にまた血が上《のぼ》った。

「ざけんな、てめぇ……シカマルから通達が行ったはずだ。お前の次の任務は、階の国の暗殺主謀者調査だろーが。勝手な真似《まね》は……」

「知るか」

冷淡に言い放ち、サスケは怒《いか》りすら感じる強い視線をナルトに向けた。

「お前が火影じゃないなら意味がない。オレは、お前の病が治るまでほかの任務はしない」

「そんなこと……許さねえぞ、サスケ……」

ナルトは、がくがくと震える膝に力を入れて、必死に立ち上がった。サスケは、一度決めたことをめったに曲げない。止めるなら力ずくだ。

軽く開いた左の手のひらの中で、チャクラを練る。

とたんに、激痛が背骨の奥を突き上がり、身体が跳ね上がりそうになった。

——やめろ、ナルト！

九喇嘛の声がする。うるせえ、と頭の中で答え、ナルトはチャクラを練り続けた。

チャクラが風を帯びて、乱回転を始める。

応《こた》えるように、サスケは自分の右手にチャクラを集中させた。目に見えるほどの電圧が弾け、チッチッチッ、と甲高《かんだか》い千鳥《ちどり》の鳴き声が幾重《いくえ》にもさざめいた。

全身を引き千切《ちぎ》る痛みの中、ナルトは螺旋丸を構えて駆けだした。迎え撃つサスケが、千鳥を放つ右手を構える。

ズキン！

すさまじい痛みが、ナルトの身体を泳がせた。ナルトの意思を無視して、反射神経がチャクラの放出をやめてしまう。螺旋丸がたちまちヒュッと消え、前のめりに倒れかけたナルトの胸元に、サスケの千鳥が躍《おど》り込《こ》んだ。

青白い電撃が、ナルトの胸を貫く。

「……あぐッ……」

ナルトは膝をつき、貫かれた腹を押さえようとしたが、傷口が見つからなかった。

ハッと気がつくと、離れたところに立ったサスケが、冷静にこちらを見下ろしている。

……幻術《げんじゅつ》か、と思いながら、ふらりと横ざまに倒れ込む。無理やりチャクラを練った反動か、身体に全く力が入らない。それでもなんとか、土を掴《つか》んで身体を起こそうと踏ん張ったが、腕を突っ張って上半身を起こしたところで力尽《ちからつ》き、べしゃりとその場に倒れてしまった。

「手加減しやがって……」

土を食いながら、ナルトは声を絞り出した。「ライバル相手によ」

「ライバルだからだ」

短く答えると、サスケはロングコートの裾《すそ》を翻《ひるがえ》してナルトに背を向けた。

「ナルト。オレが戻ってくるまで、絶対に死ぬな」

「行くなっつってんだろうがよ……」

サスケの足音が、遠ざかっていく。天文学研究所へと。

行くな。行くな。行くな。

濁った夜の空を見ながら、ナルトは何度も何度もつぶやいた。次第《しだい》に声すら出なくなり、
ヒューヒューと、喉のかすれる音ばかりになる。

サスケを行かせた自分が、ふがいなくてたまらなかった。火影として里を守っていくはずが、里を守るべき人間に守られているなんて――

「ナルト」

聞き慣れた声が降ってきて、ナルトはゆるゆると目を開けた。

透き通ったグリーンの瞳が、あきれかえってこちらを見下ろしている。

「本当、相変わらず、馬鹿なんだから」

「……オレ？　サスケ？」

「二人ともに決まってるでしょ」

サクラはしゃがみ込み、雑な口調とは裏腹に、ナルトの上半身を丁寧に抱え起こした。

頬《ほお》に触れ、岩から落ちたときにできた擦《す》り傷《きず》にチャクラを注ぎ込んで治療する。症状が始まってから、ナルトの身体の自然治癒力は格段に落ちていた。以前なら、こんな傷、放っておいても勝手に治ったのに。

「……サスケが行っちまった」

ナルトがぽつりとつぶやくと、サクラは「知ってるわ」とあっさりうなずいた。

「知ってたんなら、なんで……止めてくれねーんだよ」

「止めたわよ。でも、サスケくんは一度決めたことを曲げないって知ってるでしょ。あんたを助けるって決めたら、できることは全部やるのよ」

サクラはヘアバンドのように前髪の生え際《はえぎわ》につけていた額当てを外し、百豪《びゃくごう》の術の印を隠すようにして、額の真ん中につけ直しながら続けた。

「私もすぐにサスケくんを追うわ。須佐能乎《スサノオ》を使うだろうから、すぐには追いつけないかもしれないけど」

「でも、サラダは……」

「信頼できる人に預かってもらうわよ。シズネさんは今、賢学院の解読チームに参加していないけど……誰か、サスケくんも信頼してる人に」

立てる？　と声をかけ、サクラはナルトの腕の下に身体を入れた。肩を貸すようにして立ち上がらせ、一歩ずつ、旧市街に向かって歩いていく。

「あのね」

ナルトに歩調を合わせて歩きながら、サクラはなにげない口調で切り出した。

「この間、病院に来てもらって精密検査をしたでしょ。ついさっき、その結果が出たわ。

ほぼ健康体だけど、一か所だけ異常があって……チャクラ管が、閉じつつあるみたいなの」

「チャクラ管が？」

ええ、とうなずいて、サクラは続けた。

「でも、あんたに私のチャクラを注ぎ込んでも痛みは出ないし、傷もちゃんと治るでしょ？　つまり、チャクラ自体に拒絶反応が出てるわけじゃないってこと。多分、問題はチャクラ管の方にあるのよ。六道仙人にも同じ症状が出てたんなら、体内に尾獣《びじゅう》を入れていることによるチャクラ管の動作不良の線が怪しいかな」

「でも、我愛羅《ガアラ》とかビーとか、何ともなかったじゃねえか」

「そうね。だからこれはあくまで仮説よ」

ナルトは視線を落とした。

「チャクラ管が閉じたら……オレってば、どうなるんだ？」

「異常がチャクラ管だけなら、閉じても死ぬことはないわ。一生チャクラが使えなくなるってだけで」

「だけって……」

ただでさえ真っ白だったナルトの顔色から、いよいよ血の気が引いた。

九尾のチャクラを持つナルトの戦闘スタイルは、内在するチャクラ量に大きく依存している。今になってチャクラが練れなくなる事態は――正直、致命的だ。

「……それって、おおごとだってばよ」

ナルトがぽつりとつぶやくと、サクラはため息交じりに「そうね」とうなずいた。

「でも私は少なくとも、安心したわよ。今は戦争中じゃないし、火影がチャクラを使えなくたって別に構わないもの」

確かに、そうかもしれない。でも、子供の時から火影を目指してきたナルトにとって、自分自身が強くなければいけないということは、ごく当たり前の条件だった。七代目火影になってからも、それは変わらない。

「………………」

ナルトはそれ以上何も言えず、痙攣の続く左足を黙って引きずった。

●

土で汚れた服のまま帰るわけにもいかず、結局その夜、ナルトは火影室の隣にある仮眠室で一晩を明かした。

汚れた服をランドリーに放り込み、パンツ一丁で煎餅布団《せんべいぶとん》にくるまって、夜通しぐるぐると考え続けた。

もしも、このまま一生チャクラが使えなくなったら——火影をやめる？　それとも、平和な時代になったのだから強さは要《い》らないと開き直って、居座り続ける？

「あ～～～～、どっちもぜってーイヤだってばよ……」

まだまだ、火影としてやりたいことがたくさんある。こんな中途半端なタイミングで、誰か別の人間に放り投げるなんて絶対にごめんだ。

結局一睡もしないうちに夜が明け、火影室に早朝出勤して雑務を片づけて、ようやく家に帰れたのは昼を過ぎたころだった。

玄関を開けると、見慣れない草履《ぞうり》が、きちんと踵《かかと》を並べて三和土《たたき》に脱ぎそろえられている。

ヒナタのか？　にしちゃあ、ちょっと大きいか……。

玄関マットに尻《しり》をのせて靴を脱いでいると、物音を聞きつけたヒマワリがリビングから飛び出してきた。

「ぱぱだー！　おかえりなさい！」

「おう、ヒマワリ。ただいま」

「あのねえ、お客さん来てるよ。これ描《か》いてもらったの！」

ヒマワリは満面の笑《え》みで、手に持っていた画用紙を広げて見せた。パステル調のやさしい色合いで描かれた似顔絵は、ヒマワリとヒナタのツーショットだ。絵心のないナルトにもわかるほど、めちゃくちゃ上手《うま》い。

こんなの描けるお客って……誰だ？

ナルトは廊下の奥にあるリビングの扉に目を向けた。サイといのじんの顔が頭に浮かぶが、三和土にそろった草履はどう見ても女物だ。

「早くリビング行って！　お客さん、パパのこと待ってるよ！」

「あ、ああ……」

腕を引かれるまま、リビングに顔を出したナルトの目が点になった。

「あら、思ったより遅かったわね」

ダイニングに座ってほっこりとお茶を飲んでいたのは、つややかな黒髪を腰まで伸ばした、神出鬼没の蛇男《へびおとこ》。――大蛇丸《オロチまる》だったのだ。

二章

chapter 2

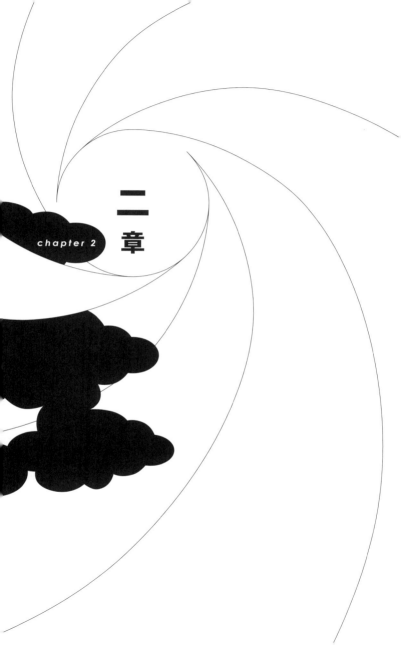

「おかえり。相変わらず忙《いそが》しそうね」

大蛇丸《オロチまる》は、昔と変わらないしゃがれ声で言うと、湯飲みの茶を音もなくすすった。

「え………え？」

とうとう幻覚まで見えるようになったのかと、ナルトは自分の目をごしごしと擦《こす》った。

しかし、目の前の光景はまぎれもなく現実だ。

大蛇丸が、お茶を飲んでいる。うずまき家のリビングで。

「ナルトくん、おかえりなさい」

ダイニングに立ったヒナタが、にこやかにナルトに声をかけた。

「大蛇丸さんがお土産《みやげ》に持ってきてくれた苺《いちご》ぜんざい、すっごくおいしいよ。食べる？」

「ヒ、ヒナタ……大蛇丸が、ウチのリビングに……」

「そうなの。さっき、いらっしゃったのよ」

慌《あわ》てるナルトとは対照的に、ヒナタは落ち着きはらっている。

「私もびっくりしたけど、ヒマワリともたくさん遊んでくれて助かっちゃった。ナルトくんに用事があるんだって」

……用事？

大蛇丸が、オレに？　そんな仲だっけ？

混乱するナルトをよそに、ヒナタはお茶と苺ぜんざいをテーブルの上に用意すると、

「じゃあ、私は夕食の買い物に行ってくるね」

穏《おだ》やかに言い残し、リビングを出ていった。

「……おお。気をつけろよ……」

つぶやいてから、自分が立ったままだったことに気がついて、ナルトはおずおずと、ダイニングの椅子《いす》を引いた。

色鉛筆を握りしめたヒマワリがとてとてと駆けてきて「オロちゃん、もっと描《か》いて〜」と大蛇丸の足にまとわりつく。

「後でね。ちょっと、パパにお話があるから」

「……お話って、なんだよ」

ナルトは戸惑《とまど》いながらも、改めて背筋《せすじ》を引きしめた。

最近はおとなしくしているので警戒をゆるめていたが、大蛇丸は、目的のためならどんな悪事も平然とやってのける男だ。リビングでのんびりお茶などしばしばくような相手ではないのだ、本来は。

「そんなに警戒しないでくれる？　アナタに、良いものを貸してあげようと思って来たん

だから」

そう言うと、大蛇丸は着物の袖口《そでぐち》に手を差し入れた。袂《たもと》の中からごそごそと出してきたのは、大きなゴーグルだ。

「なんだこりゃ」

「最新の発明品よ。このゴーグルには、他人の瞳術《どうじゅつ》を宿《やど》らせることができるの」

他人の瞳術を――宿らせる？

ナルトは目をぱちぱちとしばたたいた。

忍術《にんじゅつ》を術者から分離して保存する技術は、この数年で急速に発展した。先駆者はカタスケで、最たる発明品が科学忍具《にんぐ》だ。しかし、血継限界《けっけいげんかい》を基本とする瞳術は、再現が非常に難しく、科学忍具のような形で他人が使うのは不可能であろうと言われていたはずだが

ゴーグルを受け取って、ナルトはまじまじと見つめた。灰色のフレームに、オレンジ色のレンズがはめられている。

「科学忍具と同じように、チャクラを使えない一般人にも扱《あつか》えるのか？」

「ええ。このゴーグルの機能は、装着者のチャクラとは無関係。さっき、アナタの奥さんに協力してもらって、白眼《びゃくがん》の能力をセットさせてもらったわ」

「白眼を？」

驚くナルトの顔を見つめ、大蛇丸は悪代官《あくだいかん》のように目を細めた。

「能力がセットされてる間、アナタの奥さんは白眼を使えなくなるけどね。——まあ、つけてみなさいよ」

どう考えても怪《あや》しい。

しかし、それ以上に興味をそそられて、ナルトは大蛇丸の方を警戒しながらもゴーグルを装着してみた。が、硝子《ガラス》ごしに少しゆがんだリビングが見えるばかりで、視界は変わらない。

「なんも起きねえぞ」

「フレームのところに、小さなレバーがあるでしょ。それを引いて」

これか。レンズの横についた小さなつまみをきゅっと引っ張ると、視界がいきなり、万《まん》華鏡《げきょう》の中に放り込まれたようになった。

「わッ！」

万華鏡じゃない。

見慣れたリビングの光景だ。ただし全部見える。カウンターの向こう側にあるシンクも、食器棚に並んだ皿やマグカップの絵も、ソファに置いたクッションの裏にいる蚊《か》も、絨毯《じゅうたん》の上に座ってお絵描きをしているヒマワリの手の動きや、スケッチブックのページ一枚一枚まで、すべて。

目を開けていられなくなって、ナルトはゴーグルを額《ひたい》の上に押し上げた。

「なんだこりゃ！　すっげえ見えるけど、逆になんも見えねー！」

「最初は脳の処理が追いつかないのよ。練習してちょうだい」

「練習って……」

大蛇丸の意図を察して、ナルトはじとっとした目つきになった。「やっぱそういう魂胆《こんたん》かよ。試作品をオレで実験する気だな」

「親切で貸すわけないでしょう」

大蛇丸が悪びれずに言う。

ナルトはゴーグルを外《はず》して、改めてまじまじと見つめた。

「……なんでオレなんだ？　試作品の実験なら、水月《スイゲツ》や香燐《カリン》がいるだろ。わざわざ家《うち》にまで来て……」

「だって」

大蛇丸が、いきなり首を伸ばした。

長い首を蛇《へび》さながらにうねらせて、ナルトの耳元に口を寄せる。

「――アナタ、今、チャクラ使えないんでしょ？」

冷たい吐息《といき》に首筋を撫《な》でられ、ナルトは悪寒《おかん》を隠さずに顔をしかめた。

「なんで知ってる」

「蛇は耳がいいのよ」

先の割れた長い舌が、ちろりとナルトの耳の裏をなめる。

嫌《いや》がって肩でもすくめれば、大蛇丸をいっそう喜ばせてしまうだろう。腕組みしたまま無表情を貫《つらぬ》くナルトの様子《ようす》を見て、大蛇丸は楽しそうに目を細めた。

「私に協力するのは、アナタにとっても悪い話じゃないはずよ」

「断《ことわ》ったら?」

「断れないでしょう」

その通り。

この男の研究に手を貸すことになるのは引っかかるが、チャクラを扱えない今のナルトにとって、このゴーグルは魅力的だ。それに――ヒナタが白眼の能力を使うとき、視界がどんなふうになるのか、実はずっと気になっていたのだ。

状況を理解していないヒマワリが、とてとてとやってきて、無邪気に手を叩《たた》いた。

「すごーい! オロちゃん、首伸ばせるの!? キリンさんみたいだね!」

「蛇よ、蛇。麒麟《きりん》じゃないの」

大蛇丸は首を縮めると、おもむろに席を立った。また来るわ、と言い残し、玄関に向かう。すっかりなついたヒマワリが、小さな歩幅で後を追う。

「オロちゃん、また来てね! 今度はお兄ちゃんの絵も描いてほしいの」

「ええ、いいわよ。なんでも描いてあげる」

相変わらず、よくわかんねえやつ。

つややかに伸ばした黒髪を揺らして玄関を出ていく大蛇丸を、ナルトは不思議な気持ちで見送った。

手の中に残ったのは、白眼の力を宿した謎《なぞ》のゴーグル。血継限界の、しかも瞳術を使いこなせるようになれば、きっと大きな武器になるはずだ。

少しでも、チャクラが使えないハンデを補う武器になればいいのだが――

●

その夜。ナルトはぐでっとソファに沈み込み、つけっぱなしのテレビを見るともなしに眺《なが》めていた。

子供たちには見せられないだらしのない姿だが、今はリビングでヒナタと二人きりなので、いくらでも気を抜けてしまう。大蛇丸が帰ってから、白眼のゴーグルを使いこなす練習をずっと続けていたのだ。久しぶりの修業で、すっかりくたくたになってしまった。

「にしても、ビックリしたってばよ……オレん家《ち》のリビングで、あいつふつーにお茶飲んでるんだもんな」

「ふふ。私も、チャイム鳴ったから扉開けたら大蛇丸さんがいて、驚いちゃった」

隣に腰を下ろしたヒナタが、ほんのりと熱くなったマグカップを手渡してくれる。豆から挽《ひ》いたコーヒーに、はちみつとミルクをたっぷり入れたカフェオレ。子供舌なところがあるナルトは、本当はこういう飲み方が好きなのだ。いつも火影室《ほかげしつ》でシカマルと乾杯するのは、どろっどろに濃ゆく淹《い》れたブラックコーヒー（エナジードリンク入り）なのだけど。

「驚いたってわりには、ヒナタってばやけに大蛇丸のこと受け入れてたじゃねえか」

「明らかに敵意がなかったし……ほら、一応、ママ友だしね」

あの大蛇丸が、ママ友……。

首を傾《かし》げ、カフェオレをぐびっと飲み下したナルトの手首に、ヒナタがふいに触れた。

「ナルトくん、少しやせたみたい。チャクラの量、まだ回復しない？」

「あ……いや、これは」

「お仕事、また無理してるのね」

一つ屋根の下で暮らしているのだから、体調が良くないことくらいはとっくにバレているし、白眼を有するヒナタにしてみればナルトのチャクラ量が落ちていることなど一目瞭《いちもくりょう》然《ぜん》だ。ナルトは自分の体調不良を「繁忙期《はんぼうき》の過労」のせいだと説明していた。家族の前で発作を起こしたくないので、最近は火影室にこもりがちであまり帰宅していないのもあって、今のところは疑われてないようだ。

「それよりさ！　今日《きょう》、大蛇丸のゴーグルで、白眼を使う練習したんだけどよ！」

ナルトは早口に話題を変えた。「なかなか上手《うま》くいかなくて……正直、すっげえ難しかったってばよ……。ヒナタもヒアシのじいちゃんもハナビも、あんなもん使いこなせてスゲェよなあ」

なにしろ見えるものが多すぎる。奥行きのありすぎる視界に気を取られて、何もないところで転んだり、突き出た枝に頭をぶつけたり、あちこちにかっこ悪い傷を作ってしまった。

「ヒナタぁ、なんかコツとかねーの？」

肩にもたれかかってきたヒナタの髪をいじくりながら聞くと、ヒナタは「コツかぁ……」とアゴに指を添えて考え込んだ。

「なんかこう、パッってやってシュッっていうか……」

「わかんね～！」

ナルトが首をのけぞらせると、ヒナタは肩をすくめて苦笑《にがわら》いした。

「言葉で説明するのって、難しいなあ。ハナビに聞いてみたら、上手《じょうず》に教えてくれそうだけど。……あ」

何か思い出したようにつぶやくと、ヒナタはナルトの腕の中からするりと抜けて、立ち上がった。

「ちょっと待っててくれる？」

そう言って二階に上がると、小さな箱を持って下りてくる。

檜《ひのき》の薄片を編《あ》んだ、柿渋《かきしぶ》塗りのつづらだ。

「お！　ヒナタの宝箱！　今日は、中見ていいのか？」

「うん。特別」

いつもはクローゼットの隅《すみ》に控《ひか》えめに置かれているこのつづらは、ヒナタが子供のころから大事にしている『宝物入れ』だ。新婚時代に、一度だけ中を見せてもらったことがあるが、デートで行った映画の半券やら、プレゼントをくるんでいた包装紙とリボンやら、いつかのマフラーを編んだ余りの毛糸やら、ナルトとの思い出の品ばかりが入っていた。

あれから十年あまり。

変わらぬ光沢を放《はな》つつづらの蓋《ふた》を開けると、ずいぶんメンツが増えていた。二人の子供のへその緒《お》を入れた桐箱《きりばこ》や、ボルトが作ったどんぐりのネックレスや、ヒマワリが描いてくれた似顔絵。ティーン向け映画として公開された『実写版イチャイチャパラダイス』の半券や、ナルトが選んだイヤリングを包んだたんぽぽ模様の包装紙も、まだちゃんと入っている。

「あのね。きっとこれが、役に立つと思うの」

つづらの奥から大切そうに取り出されたのは、古いノートだった。四隅がすっかり擦《す》り切《き》れ、半紙を閉じる絹糸《きぬいと》は今にも千切《ちぎ》れそうだ。

ぱらぱらとページをめくると、几帳面《きちようめん》な文字の並びが目についた。

「この字、なんか見覚えある気がすんなあ……」

「それね」

ヒナタは、シロツメクサが揺れるみたいに、いたずらっぽく微笑《ほほえ》んだ。「ネジ兄さんの修業日誌なの」

「ネジの？」

そうだ、これ、ネジの字だ。

気づいたとたん、蛇口《じやぐち》を開いたように記憶がよみがえってきた。イルカ先生のお手本をそのままなぞったような、いかにも優等生らしい筆跡。ナルトのぐちゃぐちゃの字を見るたびに、いつも苦い顔をしてたっけ。字の乱れは心の乱れだ、とかなんとか言いながら。

ナルトは改めて、ページに目を落とした。一人でやっていただろう修業の記録が、一日と欠かさず記録されている。そういうやつだった。天才なのに努力もして、自分にも他人にも厳しくて、絶対に妥協しない。

晴れ
経絡系《けいらく》を流れるチャクラのすべてを把握《はあく》しようとしないよう注意。

むしろ全体に視線を配って、次のチャクラの動きを予測するのが効率的。

当面の目標は、テンテンの暗具《あんぐ》をすべて見切ること。

雨
今日もいつもの二人がうるさかった。目を離すとすぐ青春劇場が始まる。
テンテンの投げた鉄の扇《おうぎ》をよけきれず頬《ほお》を切った。白眼の盲点をどうカバーするかが今後の課題。

晴れ
本選一回戦敗退。
あいつのような意外性——周《まわ》りの予想を裏切る発想力が、オレにはない。

ノートはすっかり変色して黄ばんでいるけれど、経年を思えば驚くほどきれいだった。

ヒナタの宝箱の中で、大事に大事に保管されてきたことの証《あかし》だろう。

「ネジ兄さん、怒るかな。勝手に見せたら」

「んでもよぉ、ヒナタは読んだんだろ?」

ナルトが突っ込むと、ヒナタは気まずげに「うん」とうなずいて、声をひそめた。

「寂《さび》しくなったときに、ちょっとだけ。内緒ね」

小さい声で言ったたって、あいつきっと聞いてるぞ。細《こま》けーやつだから。

●

翌朝。

ナルトは早起きして、火影室へ出勤する前に演習場へと立ち寄った。チャクラが使えない今の状況を補うため、一刻も早くゴーグルを扱えるようになりたかったのだ。

露に濡《ぬ》れた雑草が、朝日の白い光を反射して、あちこちできらきら光っている。

ナルトは目を閉じて、ゴーグルのレバーを引いた。

経絡系を流れるチャクラのすべてを把握しないこと……むしろ全体に視線を配って、次のチャクラの動きを予測する……。

ネジの言葉を反芻《はんすう》し、ゆっくりとまぶたを持ち上げる。

周囲を取り巻くすべての視覚情報が、勢いよく、網膜《もうまく》へと流れ込んできた。

「だあああッ!!」

気合とともに絶叫し、もつれそうになる意識をなんとか束《たば》ねて、ナルトはその場に踏ん張った。あらゆるものが、次から次へと視《み》えていく。

びきびきと、こめかみの血管が波打つのがわかった。視神経が、堰《せき》を切ったように猛烈な勢いで作動している。

落ち着け。取捨選択だ。全部見る必要はない。

まずは――鳥だ。鳥を探そう。

ナルトはぐるりと眼球をまわした。土、石、草、土――

いた。

木の茂みの中に、青っぽい小さな鳥がいる。一羽じゃない。二羽、三羽……。

全部で、五羽。そこまで確認したところで、限界が来た。

「だ――っ！　だめだ!!」

眼球がひっくり返りそうになって、ナルトは力任《ちからまか》せにゴーグルを引き上げた。ナルトの声に驚いて、青い鳥が飛び立っていく。一、二、三、四、五……

「八羽もいるじゃねえかよ！」

ナルトは、その場にどすんと尻《しり》をついた。

三羽も見逃《みのが》しているなんて、全然、まだまだだ。

ゆっくりと雲の流れる空を見上げ、ふーっと息を吐き出す。こめかみの血管は、まだどくどくと波打っていた。

これほど扱いが難しいものだったなんて知らなかった。ネジは、自分が苦労している素《そ》振《ぶ》りなど、一度たりとも表に出さなかったから。

「あいつ、本当に天才だったんだなぁ……」

対象を絞って焦点を合わせる。

聴覚や嗅覚《きゆうかく》は閉じて、目に見えるものにだけ集中する。

ネジの残した懐かしい筆跡を、ナルトは昨日《きのう》、夜遅くなってもずっと読んでいた。生きてたら直接教えてもらえたのかなと思ったら、急に目頭《めがしら》が熱くなって、大切な形見のノートにしわを作ってしまったことはヒナタには内緒だ。

コツを知っているのと知らないのとでは、修業の効率が大きく違う。ネジの書き残した助言は、ナルトにとって、きっと大きな力になるはずだ。

「っしゃあ！」

ナルトは勢いをつけて立ち上がり、ぱちんと自分の頰を叩いた。

「やるぞ！」


それからナルトは、白眼の修業に励み続けた。

もともと、運動神経もセンスも平均以上のものを持っている。毎日こつこつと続けるうちに、少しずつだが、白眼の発動に耐えられる時間が伸びつつあった。

そんな、ある日の午後。

ナルトは業務の合間を見計らい、火影岩の上へと登った。演習場より見晴らしの利《き》く場所で、白眼を試してみたかったのだ。

ゴーグルのレバーを引き、旧市街を見下ろす。遮《さえぎ》るものがないぶん、入ってくる情報量は演習場とはケタ違いだった。おまけに、チャクラ量の多い忍《しのび》があちこちをうろうろしているので、気がそれる。

「ぬ～……」

必死に視界を合わせあたりを見渡していると、不自然なチャクラの流れが目についた。意識を向ければ、住宅街の狭い道路に立った樟《くす》の老樹の根元から、チャクラがもやのように漏《も》れている。

「……ん？　なんだ？」

木の根からチャクラが出るなんてこと、あるか？

ナルトは、火影岩を飛び降りて、確認に向かった。樟の木が立っているのは、旧市街の中でも人通りの少ない、閑静《かんせい》な区画だ。チャクラは、木の根自体から放出されているのではなく、土の隙間《すきま》から漏れているようだった。忍が生き埋めになっているのでなければ、おそらく地下室があるのだろう。

樟の木の前には、板葺《いたぶき》の町屋が建っている。高窓が割れ、破風《はふ》も傾いていて、どう見ても空き家だ。

「おじゃましまーす……っと」

鍵のかかっていない戸を引くと、土間にはすっかり埃《ほこり》が積もっていた。昔の家主は何か商売をしていたらしく、框《かまち》の上には算盤が転がり、壁際《かべぎわ》には本棚が並んでいる。

「階段はねえか……」

土間の敷居の向こうに広い和室があるが、この家は平屋で階段の類《たぐい》は見当たらない——が。

ナルトは、義手でない方の手で土間の壁に触れた。

やっぱり。……この感触、たみ和菓子店にあるのと同じ液晶壁だ。

表面を詳《くわ》しく観察すると、木目《もくめ》や節《ふし》にさりげなく混じって、小さな黒い穴があいていた。おそらくこれが鍵穴だろう。となれば、どこかに鍵があるはずだが——

怪しいのは、古書に挟まった栞《しおり》や、火鉢《ひばち》の灰に刺さった火箸《ひばし》。棚の上に置きっぱなしの煙管《きせる》もあり得るか。

三番目に試した煙管がビンゴだった。穴の奥でカチリと音が鳴り、壁の表面がいきなり透明になった。軽く押すと、扉のように奥へと開いていく。

パネルの中に分散する粒子が電圧によって配列を変え、その結果、表面に精緻《せいち》な画像が浮かび上がる——賢学院《けんがくいん》の発明品だが、まだ大量生産技術が確立されていないため、世間には出まわっていないはず。

ということは、ここにいるのは、賢学院の関係者か？

壁の向こう側にあったのは、木造の古びた階段だった。等間隔に並んだ行灯《あんどん》の火影が、暗闇《くらやみ》の中で段々を照らしている。

「怪しすぎるってばよ……」

ナルトは用心しつつ、足音を忍ばせて長い階段を下り始めた。

下りきった先にはふすまがあり、開けると、畳敷《たたみじ》きの広い和室が現れた。自在鉤《じざいかぎ》に吊《つ》るされた薬缶《やかん》が、小さな囲炉裏《いろり》の上でしゅんしゅん鳴っている。箱膳の上には茶筒があり、ひっくり返した蓋の内側に一人分の茶葉が用意されていた。どう見ても、お茶を入れるためにお湯を沸《わ》かしているところだ。

「なんだここ……」

囲炉裏の煙は排煙口から外に逃がされているようだし、太い梁《はり》が支える天井には火災報知器らしきものがある。古い和室をベースに、現代的な設備が後付けされているようだ。

奥のふすまの向こう側に、誰かが隠れている気配がする。

怖がらせずに出てきてもらうにはなんと声をかけたものかと考えていると、向こうの方からふすまを開けてきた。

「不審者め！　覚悟！」

飛び出してきたのは――割烹着《かっぽうぎ》を着た若い女だ。カシャン、と科学忍具の稼働音がして、狭い部屋いっぱいに炎の球が燃え上がった。ナルトは梁の上に飛び上がって難なくよけ、そのまま女の背後に移動して、科学忍具を取り上げた。

「っぶねえな、火事になるぞ」

「放してっ！　あなた、私の研究データを奪いに来たんでしょ⁉」

手首を摑《つか》まれ、女は仕掛け罠《わな》にかかったネズミのように身体《からだ》をバタつかせた。「なんて卑劣なの！　いいから放して！　このぉっ！　このぉ――っ‼」

遅れて反応した火災報知器がジリリ……と音を鳴らし、併設されていたらしいスプリンクラーから勢いよく水が噴《ふ》き出《だ》した。

「まあ、勝手に入ってきたのはこっちだけどもよ……」

後ろめたくなって、握っていた手首を放してやると、女は逃げるどころか、割烹着のポケットに入れていたボールペンを握りしめ、

「このぉっ！　この～～～～っ‼」

ぶんぶんと腕を振るって襲いかかってきた。目をつぶっているので、ナルトが余裕でよけていることになかなか気づかない。

「私の研究データを奪いに来たんでしょう！　そうなんでしょう⁉」

……なんなんだ、この女は？

女はたっぷり五分ほど全力で暴れ、目の前にいるのが七代目火影だと気づいてようやく落ち着きを取り戻した。

「大変失礼しました。ちょっと誤解があって……私は、雨野《あめの》ちはれと申します。火の国出身の科学者で、専門は宇宙物理学」

女は改めて自己紹介をして、火影に向かって頭を下げた。

さっきの騒動のせいで、部屋の中はすっかり水浸《みずびた》しだ。せっかく沸いていたお湯も、スプリンクラーの水を浴びてすっかり冷えてしまった。ナルトとちはれは、濡れた畳の上に正座して、囲炉裏に下げた薬缶が再《ふたた》び沸騰《ふっとう》するのを待った。

「オレが勝手に入ったから、怖がらせちまったな」

「いえ、こちらこそ失礼な真似《まね》を。まさか研究データを奪いに来たのが七代目火影とは思わなくて」

「いやだから、誤解だってばよ……」

脱力して否定すると、ナルトは階段の上の方を見上げた。「にしても、お前、なんでこんなところで研究なんかしてんだ？　わざわざ液晶壁で部屋を隠してまで……あれ、高価なやつだろ？」

「自分で作ったので、お金はたいしてかかってません」

ちはれは、沸騰した薬缶を自在鉤から外すと、急須にとぽとぽと湯を注ぎながら続けた。

「液晶壁は私の設計です」

ナルトはぱちぱちと目をしばたたいた。

「え？　……てことは、お前、賢学院の科学者か？　なんでこんなところにいるんだ？」

「一人で実験に集中する環境がほしくて。この空き家は、賢学院のフリエ事務局長の所有なんです。研究のために地下を改装してもらって、借りています」

わざわざ地下室を改装するとは、よほど重要な研究なのだろうか。

ナルトは部屋の中をぐるりと見まわした。

「実はさ、オレがここへ来たのは、この地下室がある場所から、チャクラが漏れてるのが見えたからなんだよ。なんかあぶねえことになってるんじゃないかって心配になってよ。研究って、どんなんやってんだ？」

「……あなた、チャクラが目に見えるんですか？」

ナルトがゴーグルの機能について説明すると、ちはれは「なるほど」とうなずいた。

「あなたが観測したチャクラは、おそらく奥にある私の実験室から漏れたものですね」

「だから、その実験ってどういう……」

「実際に見た方が早いです」

ちはれは薬缶を畳の上に置いて立ち上がると、和室の奥に作りつけられた、二重の引き戸を順番に開けた。

「ここが私の実験室です」

ナルトの口があんぐりと開いた。

三十畳はある部屋に、天井まで高さのある棚がずらりと並んでいる。棚の上にはシャーレが隙間なく並んでいた。その数、数百——もしかしたら、千以上あるかもしれない。大きさも形も同じものがこれだけ並んでいる光景はなかなか圧巻で、なおかつ不気味だ。

「このシャーレの中には、液体化したチャクラが入っています。私のミッションは、チャクラの多能性付与装置を作ることなんですよ」

「たのーせい……」

「チャクラを人工的に任意の物質に変化させる試みです」

ちはれは、シャーレの一つを手に取ると、小さく揺らしながら続けた。「チャクラって、不思議だと思いませんか？　なんにでもなれるんですよ。風にも火にも土にも水にも電気にもなれる。人によっては、溶岩やゴムに変化させることもできる。最近では、一部の忍者が土遁《どとん》の土に含まれる成分比率を変化させて、硝子や宝石を作ったりしてますよね。こんなに多様に変化するエネルギーは、ほかにありません」

「まあ……そうだな」

チャクラが変化するという事象自体がナルトにとっては当たり前すぎて、深く考えたことはなかったが、言われてみれば確かにその通りだ。

「使い手次第《しだい》で、どんなものにも変化する可能性を秘めている——チャクラのこの性質を、もしも科学的にコントロールすることができれば……たとえば、チャクラを貴重な天然資源や貴金属に変化させることができたら。きっと、社会にとって良いことがいっぱいあると思いませんか?」

新エネルギー開発か。

ナルトはようやく、この実験の目的を理解した。確かに、ちはれの言うことが実現すれば、自然を破壊して資源を採掘する必要はなくなり、各国のエネルギー事情は一変するだろう。もしもチャクラがすべてのエネルギーをまかなうようになれば、五大国《ごたいこく》屈指の忍里《しのびざと》を持つ火《ひ》の国は、一躍エネルギー大国に躍《おど》り出《で》るかもしれない。

本当に実現するのなら、の話だが。

「人工的にチャクラを変化させるって……それ、どうやんだ?」

「あなたはどうなんですか?」

ちはれは、まっすぐにナルトの目を見て、聞き返した。「一体どうやって、チャクラを風に変えてるんですか?」

「えーと……」

ナルトは目を泳がせた。発作が起こるようになってからは、チャクラを風に変えるどころか、練《ね》ることさえしていない。でも、いつもは、こう手のひらを広げて……

あれ、どうやってるんだっけ？

「ドンってやって、バンって感じかなあ……」

一生懸命しぼり出したナルトの答えを聞いて、ちはれは小さくため息をついた。

「忍の人って、みんなそうやって、よくわかんないことを言うんですよね。まあ、言語化しづらい感覚なんでしょうが……でも、少なくとも『チャクラを風の形にしよう』という意思を、頭の中に念じる作業はしているはずです。手や足を動かすのと同じように、『チャクラを練れ』という命令を脳が出し、それを受け取って、チャクラは変化する」

その通りだ。ナルトが『チャクラを風に変える』という意思を持たない限り、ナルトの身体を流れるチャクラが変化することはない。

「脳からの命令っていうのは、すなわち電気信号ですよね。ということは、たとえば『螺《ら》旋丸《せんがん》』を使うときにあなたの脳が出す電気信号と近い刺激をチャクラに与えることで……人工的にチャクラを螺旋丸に変化させられるかもしれない。そういうことを実現するのが、私の実験の目的です」

ちはれは、手に持っていたシャーレをナルトに見せた。平たい硝子の皿の底に、とろりとした透明な液体が溜《た》まっている。

「このシャーレの中には、特別な技術で液状にしたチャクラが入っています。このチャクラにさまざまなパターンの刺激を与えてチャクラの挙動を調べることで、性質変化のメカニズムを探るんです」

「刺激って？」

「いろいろです。電流を流したり、温度を変えたり、物理刺激を与えたり……とにかく、しらみつぶしですよ」

ちはれは、棚の端に立てかけられていたノートを開いた。今までの実験の内容を記録したものらしい。几帳面な細かい字で、実験時の条件や結果がびっしりと記録されている。

酸処理後熱刺激…42・5度…反応なし。酸処理後熱刺激…42・6度…反応なし。酸処理後熱刺激…42・7度…反応なし。

温度を上げたり下げたり、電圧をかけた状態で薬品を投与したり——分量や放置時間を少しずつ変え、さまざまな条件下での実験を繰《く》り返《かえ》しているようだ。

「なあ、ここに書いてある『クラゲ刺激』ってなんだ？」

「クラゲのしぼり汁です。脳の電気信号と似た刺激を発するという研究結果があったので、チャクラに注入してみましたが……めぼしい結果は得られませんでしたね」

「……すげえな」

ナルトは、しみじみと感心して、ため息をついた。

同じ作業を延々と繰り返すのは、根気のいる作業だ。まして確実に成果が出る保証もないとなれば、努力を続けるのは大変なことだろう。そりゃあ、研究データを死守したくもなる。

「もう一つ、見てもらいたいものがあります。外に置いてあるんですけど」

ちはれに言われ、二人は階段を上って家の外に出た。

樟の木のある表玄関ではなく、路地裏に面した裏口の方にまわる。垣根に寄りかかって、二つのタイヤが縦《たて》に並んだ乗り物が停《と》まっていた。

「なんだこれ。荷車か？　にしちゃー変わった形だな」

「絡繰二輪車《システムバイク》です。人が乗って、移動できるんですよ。ここがシート」

ちはれが、シートをまたいで座ってみせる。ちょうど、前傾姿勢で馬にまたがっているような感じだ。

「これに乗って移動できんのか⁉　めちゃくちゃ便利じゃねーか！」

さっきのチャクラに多能性を付与する実験と違い、こっちはすぐにナルトにもイメージがついた。

個人で利用できる車両の開発は、六代目火影の時代からの大きな課題だ。賢学院やカタスケの研究チームを中心に開発が進められてきたが、難航の原因が燃料だった。

「このバイクは、ガスを燃料にして動きます。火の国は主《おも》に、風《かぜ》の国と階《きざはし》の国からガスを輸入してますよね。でも、天然ガスというのは、取り続ければいつかは枯渇《こかつ》する」

貿易への依存度が高い階の国は特に制限を設けず採掘を続けているが、風の国では、風《かぜ》影《かげ》がすでに輸出量に制限をかけ始めている。価格が下がりすぎないようにという名目だが、代替エネルギーが開発される前にガスが枯渇するのを防ぐ狙《ねら》いもあるだろう。

ちはれは、バイクについた小さなタンクをコンと軽く叩いた。

「個人の交通を活性化したいけど、全員に行きわたるほどの燃料がない——その悩みを、私の研究が解決するかもしれません。チャクラを変化させて、燃料になる階《きざはし》ガスを人工的に作り出すことができれば、もう、他国からの不安定な供給に依存することはなくなる」

「すげえな！」

ナルトは子供のようにはしゃいで、瞳《ひとみ》を輝かせた。「それが実現したら、みんながこれに乗って、好きな時に好きな場所へ行けるようになんのか！」

「ええ、まあ。そうですね」

まっすぐに見つめられ、ちはれは落ち着かなげに目をそらしながら続けた。「……そう思ってくださるなら、私の実験を助けてほしいんですけど。その、チャクラが見えるっていうゴーグル、貸してくれません？」

「え？　これか？」

ナルトがゴーグルのフレームに触れる。

ちはれは、ポケットから硝子棒を取り出した。

「私はいつも、この測定器《スカウター》を使って、シャーレの中のチャクラに変化があったかどうかを調べています。測定器《スカウター》の先をシャーレ内の液状チャクラに近づけて、前日との数値の違いを測定するんですが……なにしろ、時間がかかるんですよ。ひとつひとつ測らなきゃいけませんからね。でも、そのゴーグルを使って目視で確認したら、もっと早く終わるんです」

「あー……貸すのはいいけどよ」

大蛇丸からの借り物だが、別に構《かま》わないだろうとあっさり判断しつつ、ナルトは「でも」と逆接で繋《つな》げた。「訓練なしでいきなりコレつけても、扱えないと思うぞ。忍のオレでもまだ扱いきれてねえのに」

「ええ！」

火影でも扱いきれないと聞いて、ちはれの表情に絶望が走った。

「じゃあ、私には絶対無理じゃないですか……あっ、じゃあ、あなたが毎日ここへ来て、チャクラの流れをチェックしてくだされればいいのでは？」

「いいのでは、じゃねーってばよ……オレにもいろいろやることが」

「忙しいんですか？　でも瞬身《しゅんしん》の術を使えば、すぐ来られるでしょ？」

「いや……オレは今、チャクラが使えねーんだ」

里のみんなに秘密にしていたはずなのに、なぜか自然と口から出ていた。初対面の相手であることの気楽さが、そうさせたのかもしれない。

「えっ……」

ちはれは絶句して、気の毒そうにナルトを見た。

「――チャクラが使えないあなたって、意味あるんですか？」

どストレートに聞かれて、シンプルにぐさっと刺さった。

「うずまきナルトが七代目火影になった最大の理由は、忍界《にんかい》大戦での功績が評価されてのことですよね？　それってつまり、戦力として求められてたってことなのに、チャクラが使えないなんてマズイんじゃ……火影、続けるんですか？」

火影の座を誰かに譲る気なんてねェよ！

きっと、昔のナルトだったら、そんなふうに叫んでいただろう。でも今は、火影として、昔とは違うものも背負っている。戦えなくなった自分が、火影を続けることができるのか――それは、ナルトがずっと、頭の中で考え続けてきたことだ。

「……オレのことはともかく」

ナルトはぎこちなく、話題を仕切り直した。「オレが実験の役に立つってんなら、協力はしてやるよ。火影の業務もそんなに忙しくねー時期だしな」

「ありがとうございます！　決まりですね」

さっそく今日の分のシャーレを確認するため、二人は、トントンと階段を下りて、地下の実験室へと戻った。壁一面の棚に並んだシャーレの数は、ざっと八百個。ナルトは脚立《きゃたつ》にのぼり、ゴーグルのレバーを引いた。

「んー……」

シャーレの中のチャクラを、ひとつひとつ順番に目でなぞるが……どのチャクラも、硝子皿の底でおとなしくしているばかりで、特に変化は見られない。

「なかなか、動いてるやつがいねえってばよ……」

「そりゃあ、そんなすぐに成果は出ません。もう半年以上続けてますけど、変化のあったチャクラはまだ一つも見つかってませんから」

半年——白眼修業も科学の実験も、トライ&エラーの繰り返しという点では同じらしい。でも、根気と根性勝負なら望むところだ。

ナルトは、むしろ決意に燃えて、棚一面に並んだシャーレを眺めた。

ちはれの実験は、この世界を大きく変える可能性を秘めている。チャクラを自在に任意の物質に変化させ、忍でない者でもコントロールできるようになるとしたら、きっとこの世界を、もっと便利で楽しくできるはずだ。たとえば——

「もし、その、たのーせいふよ装置?　が完成したらよ」

ナルトは、脚立を両足の間に挟み、棚を摑んで脚立ごと横移動しながら言った。

「階ガスをコピーすんのもいいけど、ほかのことにも使えるよな。たとえば……」

「医療の分野で活用したいって言うんでしょう。わかりますよ」

ちはれは、ナルトの言葉を遮って続けた。「チャクラが階ガスになれるなら、皮膚や爪や、心臓のような臓器にもなれるかもしれない。もしもチャクラを任意の細胞に変化させることができるようになったら、事故や病気で失われた組織を修復できますね。人間の健康寿命を飛躍的に延長させるはず」

「だよな！　オレはそこまで難しいことはわかんねえけど……チャクラの話を聞いたときさ、真っ先に、サスケの腕やガイ先生の足を治せるかもって思ったんだ」

「サスケって、もしかして」

あのうちはサスケのことですかと、ちはれが聞きかけたとき。

ガッシャァアン!!!

突然、轟音《ごうおん》とともに天井が砕けた。落下した木板が棚を割り、滑《すべ》り落《お》ちたシャーレが床《ゆか》の上で砕け散る。

「なんだ……!?」

ナルトはちはれの腕を引き、降り注ぐ木片から守った。

天井の裂け目から、低い回転音を唸《うな》らせて降下してきたのは、四つの回転翼《プロペラ》を持つ球体状の飛行体《マルチコプター》——無人航空機《ドローン》だ。

四つの回転翼《プロペラ》が生み出す揚力《ようりょく》を利用した飛行体。賢学院やカタスケのもとで研究が進められていると以前報告資料で読んだが、実物を見るのは初めてだ。

完成したのか——思わず状況を忘れてまじまじと視線を注ぐナルトを威嚇《いかく》するように、ドローンはヴゥンと音を立てて近づいてきた。

襲われる前に、こっちから撃ち落とすべきか？　しかし、まだ、このドローンに敵意があるかどうかわからない。もし、飛行実験中に誤《あやま》って飛び込んできただけ、とかだったら、壊したら怒られるよな……。

迷っていると、ドローンの中央の球体に、数字の五が表示された。
四、三、二、と見る間に数字が減っていく。——爆弾！
「逃げろ！」

「へ？」

ナルトはちはれを抱《かか》えて実験室を飛び出した。五段飛ばしで階段を駆け上がり、中ほどまで来たところで——

ドォン！

「やべっ！」

爆発音とともに、階下から爆風が押し寄せた。ちはれを抱えたまま、崩れていく階段を無理やり駆け上がって、土間へと抜ける。引き戸を蹴破《けやぶ》って路地裏へと飛び出したナルトとちはれを、ドローンの羽音が追ってくる。

「何ですか今の⁉　爆発⁉　さっきのって、もしかしてドローンですか⁉　本物の⁉」

騒ぐちはれをナルトは無言で背中の後ろに押しやった。

先ほどと同じタイプのドローンが、次々と姿を見せる。その数、七台――中央のドローンを先頭に扇形の陣形を組んでおり、明らかに何者かによって操作されているのが見て取れた。問題は、それが誰か――畔《あぜ》ヤナルの一件が頭をよぎるが、同じ黒幕だという証拠はない。

確かなのは、ココでまとめて爆発されたら、空き家が炎上するだけでは済まないということ。場所を移したいが、チャクラのない今の状態で、どこまでやりあえるか――

二十八もの回転翼《プロペラ》がヴンヴンと風切音を奏《かな》で、ナルトの思考を邪魔する。それでも、ずらりと並んだドローンすべてに均等に気を配り、じりりと站立《たんりつ》するナルトの耳に、ブォン！　というエンジン音が飛び込んできた。

「乗ってください！　あなたが運転して！」

バイクのシートにまたがったちはれが、エンジンレバーを引いたまま叫ぶ。

ナルトの意識がそれた隙をつくように、七台のドローンが一斉《いっせい》に動きだした。顔面めがけて飛んできたドローンをかわしがてら、ナルトは路地に置かれたポリバケツを掴んで、近くにいたドローンにすっぽりと被《かぶ》せた。ついでとばかり、地面に落ちたバケツの蓋を残りのドローン連中に向かって蹴り上げる。反撃を受けドローンたちは数秒モタついたが、すぐに隊列を組み直した。

バリバリ！

閉じ込められたドローンは、翼の回転羽であっという間にポリバケツを粉砕して、外に飛び出してきた。

「だーっ！　もう！」

ヤケクソ気味にバケツの残骸《ざんがい》を投げ捨てると、ナルトは堂々と背中を向け、バイクの方へと全力疾走《しっそう》した。飛びつくようにしてグリップを握り、シートにまたがる。

「レバーを握って、右足のペダルを押し下げてください！」

「レバーってどれだよ⁉」

「これ！」

ちはれは後ろから腕を伸ばして、右グリップの下についたレバーを握り込んだ。

ブォン！

エンジン音とともに車体が跳《は》ね上《あ》がり、はずみで、ナルトの右足がペダルを勢いよく踏み込んだ。くんっと、身体に後ろ向きの力がかかる。

「だぁッ⁉」

バイクはピンボールのような勢いで飛び出した。

景色がすごい勢いで後ろに流れていく。風がびゅんびゅん吹きつけて、目を開けていられないほどだ。ゴーグルを下ろそうと片腕を放したとたん、バイクが大きくフラつき、右のミラーがブロック塀《べい》にぶち当たって飛んでいった。

「おわッ！」

「ちょっと、ちゃんとバランスとってください！」

文句は言うものの、無茶な要求だということはちはれ自身も承知の上だ。初めて乗って普通に運転できている時点で、すでに運動神経が良すぎる。

一度バランスを崩したことで感覚を摑めたのか、ナルトは再び片腕を放したが、今度はフラつかなかった。ゴーグルを下ろしてレバーを引き、グリップを握り直す。白眼の視界で背後を確認するが、近くにドローンの姿はないようだ。

「おい、ちはれ！　これ止まるのはどうすんだ？」

「止まれません」

「はぁ!?」

「試作品って言ったじゃないですか！　ちなみにスピードの調整もできませんから！」

言ってる間に、グリップの先が民家の垣根をズッと擦った。路地はかなり狭く、今こうしてバイクを走らせているのもギリギリだ。

燃料がなくなればいずれ停まるのだろうが——ガスが空《から》になるのと、左右にひしめく民家に突っ込んで大破するのと、どちらが早いだろうか。考えたくもない。

まあ、狭い道だけど、まっすぐ走り続けるくらいならなんとか行けるか……てか、どこ走ってんだ、今。

ちらりと周囲に視線を配れば、ゴーグルを通した視界の端に、黒っぽい飛行体が飛び込んできた。

「あいつら、追いかけてきやがった……ッ！」

さっきの七台のドローンが、猛烈な勢いで迫《せま》ってくる。

先頭を飛ぶドローンの球体部分から、ストローのような形の銃口《マズル》が伸びた。ん？　と注視してみると、先端がチカッと赤く点滅する。

——畔ヤナルから押収した光子銃《フォトンガン》は、高出力光線《エキシマ・レーザー》を放ち、発射前には銃口が赤く点滅する仕様となっており……

階の国の暗殺未遂事件の報告書にあった一文が、ナルトの頭をよぎる。ヤベー、と思った次の瞬間。

ヴン！

光子《フォトン》が分子を押しのける低いノイズ音とともに、真っ赤な光線が放たれた。

バイクの操作方法なんて知らないが、ナルトは反射的に車体を傾けた。進路が曲がり、直線で飛んできたレーザービームはナルトの耳のすぐ先を通って、民家の垣根を直撃した。

ボン！

一気に高温に熱された垣根の葦簀《よしず》は、膨張《ぼうちょう》して爆発してしまう。

「うそっ……」

食らえば死ぬ。そのことを悟ったちはれは、ナルトの肩にがしっとしがみついた。

「まじめに逃げてください！　ここは道幅が狭すぎる！　大通りに出て！」

「だめだ、通行人を巻き込む。まずは里から離れ……」

言い終わらないうちに、今度は左からレーザービームが伸びてきた。ブロック塀に命中し、爆発に驚いた猫が路地を横切って飛び出してくる。

「猫！」

「わかってる！」

爆発で崩れたブロック塀が、積《つ》み重《かさ》なって路地の中央まで崩れている。バイクの前輪がブロック塀の上に乗り上げると同時に、ナルトは思いきり腕を伸ばし、体の重心を後方に移した。

前輪がふわりと浮く。

バイクは、まるでばねを踏んだように空中に浮き上がり、猫の頭上を軽々と飛び越えて、ダン！　と着地した。

「ぎゃあ！」

バイクは一瞬つんのめるように停止して、また勢いよく走り始めた。

悲鳴をあげた勢いで舌まで噛《か》んでしまったちはれは、涙目になりつつナルトの耳元で叫んだ。

「七代目！　里の外に出るなら、あうんの門は反対側ですよ！」

「だめだ、門に出るには大通りを突っ切らなきゃなんねー。里に被害が出る可能性が高い」

「じゃあ、どうやって里の外に……」

あうんの門を通らずに、外に出る方法は——雷車《らいしゃ》か飛《ひ》行艇《こうてい》。

「見えてきた」

グリップを握りしめ、ナルトは低い声でつぶやいた。

大通りを挟んだ向こう側に、雷車の駅舎があった。漆喰《しっくい》を固めた長屋門に、出入りのための大扉が三か所用意されている。雷車の開通記念に風影から贈られたもので、螺《ら》鈿細工《でんざいく》と金蒔絵《きんまきえ》で細やかな装飾が施《ほどこ》された造形の美しさから、観光スポットとしても有名だ。

「どけ——っ!!!」

そんな美しい大扉の一つに、七代目火影がバイクごと突っ込んだ。留め具ごと無残に吹っ飛んだ門は、七台のドローンのうちの二台を直撃して、はからずも追手の数を減らしてくれた。

五台に減ったドローンは、隊列を組み直し、なおも追いかけてくる。

ブォンブォンブォォオオオ――――ッ!!

バイクはエンジン音を響《ひび》かせ、駅舎内の木造の床を景気よく爆走した。居合わせた乗客たちは泡を食って逃げるのに必死で、暴走バイクの運転手がまさかの七代目火影だとは夢にも思わない。タイヤをギャンギャン言わせて階段を駆け下りながら、ナルトは残っていた左のミラーを掴んでへし折り、ホームに出たところで非常ベルに向かってブン投げた。

ジリリリリ!

ミラーはボタンの中央に命中し、けたたましい警告音が響き渡る。ナルトを乗せたバイクは、悲鳴と罵声《ばせい》が飛び交《とか》う阿鼻叫喚《あびきょうかん》のホームを抜けて線路へと飛び出し、急停止した雷車のすぐ横を走り抜けた。

「ちはれ、舌噛むなよ!」

すでに一度噛んでいるとは知らず、ナルトが忠告する。舗装《ほそう》された旧市街と違い、線路の上は枕木が等間隔に並ぶ凸凹《でこぼこ》道だ。枕木を踏み割るたびにバイクはずるずると横に滑るが、ナルトはすぐさま体重移動で対応して、体勢を立て直し続けた。

「このまま里の外に出るぞ。人のいないところで、あいつらどうするか考える!」

バイクを走らせながら、ナルトは背後の追手にも意識を配り続けている。残ったドローンは五台。レーザービームを打ち込んでくるのは、そのうちの二台だけだ。チャンスは何度かあったはずだが、どのドローンも自爆はしていない――とすれば、爆弾を搭載しているのは最初の一台だけか……。

――ドクン!

脈動とともに、突然、胸に痛みが走った。右手がグリップからずり落ちそうになって、慌てて握り直す。その手がカタカタと小刻《こきざ》みに痙攣《けいれん》した。

「っも……今、かよッ……」

胸の奥を握りつぶす痛みは、ずきんずきんと一秒ごとに強くなっていく。ヒュゥッと息がかすれ、呼吸はみるみる苦しくなっていった。気管が酸素の通過を拒絶するかのようだ。

ナルトの異変に気づいて、ちはれが「どうしたんですか!?」と声をかけた。

「なんでもっ……ねぇっ!!」

全力で強がって、ナルトは顔を上げた。額ににじんだ脂汗《あぶらあせ》が、風圧で真後ろに散っていく。タンクの上に肘《ひじ》をつき、ハァハァと必死に呼吸しながら、ナルトは白くかすむ視界に目を凝《こ》らした。

「ねえ、苦しいんですか? やばいんですか!? 私、運転替わるなんて無理ですよ!?」

喚《わめ》くちはれの背後から、ドローンが追ってきている。

「しつけェな……!」

放射されたレーザービームを横に避けてかわし、ナルトは痛む胸をタンクに打ちつけた。

嚙みしめた唇《くちびる》に、血の味がにじむ。

線路は鉄橋に差しかかった。橋の下は、小川の流れる渓谷《けいこく》だ。

背後につけていたドローンのうちの二台が、突然ふいと横にそれた。

なんだ……？　あきらめたのか？

ナルトは、白眼でドローンの動きを追った。二台のドローンは、そのまま鉄橋の下へと潜《もぐ》り込《こ》み、橋を支えるアーチ状の橋脚《きょうきゃく》に、レーザービームを放った。

鉄がみるみる真っ赤に焼け、ぱちっと火花が散る。

「マジかよ……」

ボン！

爆発が起き、橋脚が根元から吹き飛んだ。

「――〰〰あいつら、柱を破壊しやがった！」

レールが尺取り虫《しゃくとりむし》のように盛り上がり、欄干《らんかん》が砕け、枕木が弾《はじ》け飛ぶ。

通り道を失ったバイクの前輪が、ほとんど垂直に跳ね上がった。

「この鉄橋造るのにいくらかかったと思ってんだ！」

「今はそんなこと気にしてる場合じゃ……っ」

柱を失った鉄橋は、後方からずるずると崩落《ほうらく》していく。

ナルトは、なんとか形を残しているレールを選んで必死にバイクを走らせ続けたが、すぐに限界が来た。ねじ切れて突き上がったレールがバイクの後輪を弾き飛ばし、その勢いで、ナルトたちはぽーんと空中に放り出されてしまう。

「クソッ……」

なんでこんな時に、オレはチャクラを使えねえんだよ！

ナルトはとっさに身体をねじり、ちはれの腰を抱きかかえ、自分が下になるよう受け身の体勢を取った。ねじ切れた鉄筋やら太い鉄塔やら、下敷きになったら即死しそうなものに囲まれまくっているが、白眼のおかげでうまく避けながら着地できそうだ。

——と、安心した矢先。

目の前に、ドローンが来た。

射出口が開いている。まずい、と思う間もなく、伸びてきたマズルがナルトの瞳孔《どうこう》をまっすぐに捉《とら》える。先端が、チカッと赤く発光した。

「……ッ！」

ちはれを守って、ナルトがとっさに身体の位置を入れ替えた——次の瞬間。

勢いよく伸びてきた木の枝が、ドローンを真下から突き刺した。

ドローンから光が消え、四つの回転翼《プロペラ》が停止する。

伸びてきた枝は、ナルトとちはれの身体にもぎゅるぎゅると巻きついて、二人を空中で受け止めた。

これは、この術は——木遁《もくとん》忍術。

「まさか……」

　このレベルの木遁を使える人間は、今、木ノ葉隠れの里にたった一人しかいないはずだ。

　はっと見上げれば、崩落しかけていた鉄橋を、谷底から伸びた巨大な大木が支えていた。渦巻きのように伸びた蔦《つた》がみっしりと絡《から》みついて、崩れかけていた鉄橋を固定している。

　木の枝は、まるで意思を持った生き物のようにしなって、ナルトとちはれを地面に下ろした。ずるりと枝がゆるみ、ちはれは「へぁ……」と情けない声を漏らしてその場にへたり込んだ。

「相変わらずギリギリを生きてるね、ナルト」

　谷底の砂利を踏む音と、抑揚《よくよう》のない声。

　ナルトは、発作の引いた胸をさすり、ふう、と短く息をついて振り返った。

　暗部《あんぶ》屈指《くつし》の敏腕《びんわん》が、印《いん》を結んだ姿勢のままで背筋を伸ばして立っている。輪郭《りんかく》を覆《おお》う面《めん》頬《ぼお》。そして、初代火影の遺伝子から受け継いだ木遁忍術。

「ヤマト……隊長……」

　そして、かつてカカシの代理としてナルトを率《ひき》いた男――ヤマトは、ナルトの無事を確認して、ほっとしたように目を細めた。

三章

chapter 3

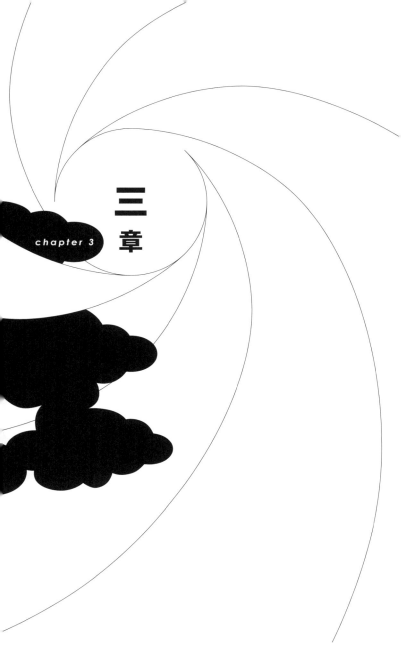

「ドローンに襲われたぁ!?」

ナルトから一部始終を聞いたシカマルが、彼にしては珍しく動揺を見せたのも無理からぬことだった。高出力光線《エキシマ・レーザー》で攻撃するドローンなんて、個人で開発できるものじゃない。カタスケレベルの科学者か、もしくは国際研究機関がバックについていなければ出てこない代物《しろもの》だ。

「確認だが、チャクラの気配はしなかったんだよな?」

「全《まった》くなかった。白眼《びゃくがん》で確認したから、間違いねえよ」

ふむ、とシカマルはアゴに手を当てて考え込んだ。

「戦闘用ドローン開発の噂《うわさ》を聞いたことがねェか、カタスケ博士に相談してみるか。……いや、あえてフリエに聞いてカマかけてみてもいいな」

「カマかけるって……どうするんだ?」

シカマルは、ちらりと天井に視線をやった。中央に設置されたドーナツ型の機械は、火災報知機に見せかけているが、実はカタスケが開発した盗聴器の検知器だ。異常を検知するランプが点灯していないのを確認して、シカマルは声をひそめた。

「階《きざはし》の国の暗殺未遂犯の件だが……黒幕は賢学院《けんがくいん》かもしれない」

「なに!?」

「暗部《あんぶ》の連中が摑《つか》んできた情報だが――実行犯の畔《あぜ》ヤナルとフリエに接触の痕跡《こんせき》がある」

ナルトは眉《まゆ》をひそめた。

「……黒幕だっていう、確実な証拠はあんのか？」

「あったらとっくに忍《しのび》を動かしてる。ねーから困ってんだ」

烈陀《レダク》国まわりの文献解読に関して、木《こ》ノ葉《は》は賢学院に協力を求めているところだ。ナルトの病状のことは当然伏《ふ》せているが、危険な接触であることに変わりはない。

シカマルは、しかめっ面《つら》で腕を組んだ。

「これ以上、シロかクロかわからない相手に余計な情報を流したくねェが……古代文字の解読に関しちゃ、賢学院が最高峰だ。烈陀《レダク》国関連の資料の分析は、正直ウチだけじゃお手上げで、やつらに頼らざるをえねェ」

今朝《けさ》がた、シカマルは賢学院の解読チームからメールを受け取ったところだった。カカシから届いた資料の解読結果だ。そこには、六道仙人《りくどうせんにん》が病《やまい》を治した方法に関する具体的な記述が含まれていた。

六道仙人、奇病に侵《おか》され烈陀《レダク》国をたずね歩《あり》きし末、天文学者のタタルと出逢《であ》ふ。

タタルと療養を重《かさ》ぬれども、病、さらにおこたらず。
其夜《そのよ》、タタル、地に迫《せま》る隕石《いんせき》を天に見つけたり。
六道仙人、落ちて来し隕石を片手にて受け止め、ただ二つに割りにけり。
くだけし隕石のきらめき、六道仙人に降り注ぎけり。
すなはち、六道仙人が長年の病、たちまちにおこたる。

天より降りし隕石、チャクラを開かしむること限りなく、めでたき力を持ちにけり。
タタル、彼《か》の力の源《みなもと》となりし物質を、『極粒子《きよくりゆうし》』と名付けけり。
また、彼の力をめぐりて人びとの争はざらんがため、
極粒子の半《なか》ばは『地に降りし空』に、もう半ばは『離れず巡《めぐ》る星』に隠しけり。
極粒子、今の世にては、星を並べし道しるべに守られて眠りたり。

六道仙人が病に侵されし者の居《お》らば、さだめて極粒子の力を欲すべし。
さすれば彼の力は彼の地に来るらむ。
其《そ》の在処《ありか》を知らんとする者、烈陀《レダク》の地にて天体絵図で遊ばれたし。

——要は、六道仙人が『地に降りし空』と『離れず巡る星』に隠したその「極粒子」と

やらを手に入れれば、ナルトの病は治るということなのだろう。文章の内容については、すでにカカシとサクラに鷹《たか》を送って知らせてある。調査が順調に進めば、彼らからさらなる手掛かりが送られてくるはずだ。もし資料が烈陀《レダク》の古代語で書かれていたら、シカマルは危険を承知で、また賢学院に解読を頼むだろう。

慎重《しんちょう》なシカマルが、彼らしくもなくリスクのある行動をあえて選ぶのは、ナルトのためだ。

自分のせいで、周《まわ》りにあぶない橋を渡らせている——悔しげに唇《くちびる》を噛《か》んだナルトを見て、シカマルがふっとあきれたように笑った。

「しんきくせー顔してんじゃねえよ。らしくねえな」

「……別に、してねえよ」

おずおずと目をそらすが、無意識に唇がとがっている。

病のことはもちろん気になるが、それ以上に、自分でなんとかできないことがもどかしかった。以前のナルトならきっと、一も二もなく自《みずか》ら烈陀《レダク》国へ向かい、病を治す方法を探しただろう。でも、今のナルトにそれはできない。

七代目火影《ほかげ》が、自分の都合で里を長時間留守にするなど、許されないことだ。火影になって、出来ることがたくさん増えたけど、同時に出来ないことも増えた。立場は重い。

「余計なこと考えねーで、お前はいつも通り、火影として働いてろ。それが一番、この里にとって大事なことだ」

「ああ。わかってるってばよ……」

机の端に積み上げた書類を引き寄せ、ナルトは頬杖《ほおづえ》をついた。胸の奥にチリッとした痛みが走り、発作かと身構《みがま》えたが、違った。いつまでたっても激痛に変わらない。鈍《にぶ》い重みを伴《ともな》う焦燥感《しょうそうかん》は、身体《からだ》の芯を奥からじりじりと引っ張り続ける。

「なあ、シカマル」

「あん？」

「もし」

もしオレにチャクラがなくなったら……どうやって、里を守っていけばいい？

出かかった言葉を飲み込み、ナルトは『もし』に続く代わりの言葉を探した。

「……もし、かして、ドローンが襲ってきたのはオレじゃなくて、一緒にいたちはれって研究者の可能性はねえかな」

シカマルは少し考えた。

「賢学院が本当に黒幕なら、可能性はあるな。そいつ、賢学院の関係者なんだろ？」

「関係者ってーか、所属の科学者らしいんだけどよ。賢学院の施設じゃなくて、なぜか民家の地下で一人で実験してたんだ。変だよな」

「でも、その家はドローンに壊されたんだろ。今はどこで研究してんだ」

なにげなく聞かれ、ナルトは「ん〜……」と答えづらそうに視線を泳がせた。

「……知り合いの科学者に相談したら、研究室を提供してくれることに、なった」

「科学者の知り合いなんていたのか？」

ナルトがその科学者の名前を告げると、シカマルの表情がひくりと引きつった。


午後。

ナルトは約束通り実験を手伝うため、ちはれの新しい実験室を訪《たず》ねた。

鉄橋のかかる渓谷《けいこく》の洞窟《どうくつ》に造られた、殺風景な施設。場所に罪はないはずだが、洞窟を奥へ進むにつれて、なんだか空気が重苦しくなっていく気がする。

ここにいる研究者は、素行の悪い連中ばかりだが、全員腕は確かだ。水月《スイゲツ》、香燐《カリン》、そして大蛇丸《オロチまる》――ちはれが間借りしているのは、大蛇丸の持つ研究所の一つなのだった。

もちろん、彼らはけして野放しにされているわけではない。常《つね》にヤマトが監視について、動向を逐一《ちくいち》見張っている。

「昨日《きのう》は本当、ヤマト隊長が来てくれて助かったってばよ」

しゃべると少し残響がある。ナルトはしゃがみ込み、入口近くの岩場の陰《かげ》に身を隠したヤマトに声をひそめてささやいた。

「隊長、いつも悪いな……大蛇丸の見張り、任《まか》せっきりで」

「しょうがないさ。代わってくれる人もいないし」

大蛇丸一派の監視活動は、先代火影の時代からヤマトがほとんど一人で担《にな》っている。ヤマト自身は、けして損得で任務を捉《とら》えてはいないだろうが、負担が彼一人に集中していることは明らかだ。カカシはもちろん、ナルトとシカマルも幾度《いくど》となく状況改善を検討していたが、なかなか実現せずにいた。ヤマトが自分で言うように、代われる人間がいないのだ。

外の方から人の来る気配がした。ナルトは天井に張りついて、突き出た岩の陰に隠れたが、ヤマトはそのままだ。

「ヤマトさん、おつかれさまです」

下忍《げにん》らしからぬ静かな足取りで姿を見せたのは、ミツキだった。木《こ》ノ葉《は》丸《まる》班の任務を終えて訪ねてきたところらしい。

ヤマトは膝《ひざ》をついた姿勢のまま振り返った。

「ミツキ、早かったね。任務はどうだった？」

「迷いネコ探しと暗渠《あんきょ》の清掃。ボルトが川に落ちた以外は、つつがなく終わりました」

「どっちもDランク任務か。つつがなくっていうか、物足りなかったんじゃないの？」

「正直、そうかもです。早く終わったので、ボルトやシカダイやいのじんと、駅前のバーガーショップに寄り道しちゃいました」

笑い合う二人を、ナルトは変な気持ちで見下ろした。こんな、和《なご》やかな会話——まるで、小学生と近所のおじさんとの会話だ。

ミツキは最後に礼儀正しく会釈《えしやく》をして、研究所へと入っていく。足音が遠ざかるのを待って、ナルトは天井から下りた。

「……ヤマト隊長、なんかなじんでんな」

「そりゃあ、これだけ四六時中、監視してればね」

ヤマトは自分でもあきれたように苦笑《にがわら》いすると、きゅっと表情を引きしめた。

「でも油断はできないよ。最近の大蛇丸はおとなしくしてるように見えるけど、腹の底では何を考えてるかわからない。それに、鷹《たか》の連中だって、ひとくせもふたくせもあるやつばっかりだ。心を許すわけにはいかない」

深刻そうに語るヤマトのもとへ、今度は奥から香燐がやってくる。

せわしなく天井の岩陰へ戻ったナルトが見守る中、香燐は手に持ったお盆から、苺大福《いちごだいふく》の載《の》った皿と緑茶の湯飲みを岩の上へと移した。

「ヤマト、これ食えよ。苺大福、ミツキがお前の分も買ってきたから」

「ボクはいいって。任務中なんだから」

「うるせえなあ、せっかくミツキが買ってきたんだから黙って食えっつの。ダイエット中の女子じゃねーんだから……皿は返しに来いよ！」

ぶつくさ言いながら研究所へ戻っていく。

ヤマトはため息をつき、うっすらと粉の被《かぶ》った苺大福を、困ったように見つめた。

「……ヤマト隊長、本当に心を許してねえの？」

「許してないってば」


監視任務を続けるヤマトを岩陰に残し、ナルトは改めて研究所を訪ねた。

訪ねるといっても、場所が場所なので、手土産《てみやげ》持参でチャイムを鳴らすようにはいかない。勝手に入って適当にうろついていると、水月と出くわした。

「うわ、七代目火影！　来るって聞いてたけど、ほんとに来たねー。こんなとこに」

軽い口調で言う水月の口の端には、白い粉がついている。苺大福だろう。

「ちはれはどこにいる？」

「こっちこっち」

先に立って歩きかけた水月は、いったん歩調をゆるめ、ナルトが隣に並ぶのを待ってまた歩き始めた。フランクな性格は相変わらずのようで、自分の近況や今週の天気について、ゆるい口調で話し始める。大蛇丸は、今日《きょう》は別の研究所にいるらしい。

「あの子がやってる実験……チャクラの多能性付与装置の開発？　だっけ？　あれは大変だねー。チャクラに与える刺激のパターンがありすぎて、すっごい時間かかるよ。一人でやるには重たい作業だね」

「お前、苺大福食ってる暇があるなら手伝ってやってくれよ」

「なんで大福食べたって知ってるんだよ……てか、ボクも香燐も、いちおー手伝おうか聞いたんだよ。でも、すんごい拒否されてさあ」

拒否？

「なんで、また……」

怪訝《けげん》そうにするナルトに、水月は「さあ？」とどうでもよさそうに小首を傾《かし》げた。

「成果を独《ひと》り占《じ》めしたい研究者は多いからねー」

研究所は、恐ろしい広さだった。いくつも部屋があり、重く閉ざされた扉の向こうからは、カエルがぐろぐろ鳴く声が聞こえてきたり、何かが激しく煮える音が聞こえてきたりで、なんだか穏やかでない。ナルトが扉の方へ目線をやるたびに、「中見たい？」と水月が八重歯《やえば》を見せて嬉《うれ》しそうに聞くので、そのたび首を振った。

何度目かの角《かど》を曲がり、かなり奥に進んだところで、水月は足を止めた。

「ここだよ」

廊下の突き当たりに作られた、いかにも重たそうな鉄扉《てっぴ》を目で指《さ》す。「一応言っとくけどさ、大蛇丸が自分の研究室の一部を他人に貸すなんて、めったにないことだよ。まさか、ボランティアだなんて思ってないよね？」

「わかってる」

ナルトはうなずいて、扉を押した。

「それだけ価値がある研究なんだろ、あいつがやってるのは」


ちはれは、リノリウムの床《ゆか》にぺたんと座り込み、持ち込んだ卓袱台《ちゃぶだい》の上に置いたパソコンを操作していた。壁際《かべぎわ》にはデスクと椅子《いす》も置いてあるのだが、使い慣れたものじゃないと、どうも落ち着かない。

背中を丸め、これまでの実験結果を再検討していると、扉が開く音がした。

「ちはれー、来たぞー」

ナルトだ。

ちはれはのっそりと立ち上がり、研究室内にずらりと並ぶスチール棚の間をすり抜けて、顔をのぞかせた。

「お疲れ様です」

「おう。……お前、目の下のクマ、すげえな」

「寝てないんです。設備がいいので、実験がはかどって」

大蛇丸の研究所は、廊下やエントランスこそ岩場が剝《む》き出《だ》しの野趣《やしゅ》あふれる造りをしているものの、一歩研究室の中に入ればとたんに近代的な設備に変わる。壁と天井は銀色に光るステンレス、空調は０・１パーセント単位で湿度調整が可能で、奥には無菌室まで用意されていた。

そうした設備の恩恵を受け、ちはれの研究は目に見えて効率を上げていた。民家の地下を改装した和室でやるより、すべてにおいて都合が良い。そもそも単純に場所が広いので、置ける棚の数も並べられるシャーレの数も三倍に増えた。室内に所狭しと並んだスチール棚は、どの段も、まるで隙間《すきま》を憎むように硝子《ガラス》のシャーレで埋《う》め尽《つ》くされている。

天井近くには、堂々とカメラが設置されていた。実験の様子《ようす》は、すべて記録されているらしい。成果があれば問答無用で共有されるということだが、大蛇丸の研究所を使うと決めた時点で、その程度のことは想定済みだ。

「さっそく、やるか！」

威勢よく言って、ナルトはゴーグルの機能をオンにした。確認するシャーレの数が明らかに増えているのに、文句の一つも言わず、てきぱきと確認作業を進めてくれる。棚と棚の間隔《かんかく》が狭いので、ナルトの体格ではかなり窮屈《きゅうくつ》そうだ。

「なあ、水月が言ってたんだけどさ」

下段の棚の端に足をかけ、天板を両手で摑んで一番上の棚のシャーレをのぞき込みながら、ナルトは思い出したようにちはれに声をかけた。

「あいつらの手伝い、要《い》らないって言ったのか？」

「はい。今までも、別に、一人でやってましたし」

「でも、手伝ってもらったら、もっと早く終わるじゃねえか」

「いいんです。他人といるのはストレスが大きいので」

そういうもんか、と納得したようにつぶやいてナルトは黙ったが、しばらくして、はたと気がついたように顔を向けた。

「でも、お前、オレのことは誘ったよな」

そういや、そうだ。

他人といるのが苦痛だから、あの地下室で一人で研究を進めていたのに――なぜかナルトには、自然に声をかけていた。考えてみれば、謎《なぞ》だ。

なんでかな……。

ちはれがぱちぱちと瞬《まばた》きを繰《く》り返《かえ》している間に、ナルトは「あ、このゴーグルが便利だったからか」と勝手に納得して、作業に戻った。

ああ。そうそう、ゴーグルだ。ゴーグルの力を借りたかったから、だから、ナルトに声をかけたのだ。じゃなかったら、他人と同じ空間にいることを、わざわざ選んだりしない。

「……私は、あまり、他人といて、居心地がいいと思ったことがないんですよね」

ぼそりとつぶやくと、ナルトは不思議そうに顔を向けた。

「一人の方がいいのか？　オレは、みんなといる方が好きだけどなぁ」

「でも、気を遣《つか》うし……一人の方が気楽じゃないですか」

「まあ、そういうやつもいるかもなぁ。……でもよ、誰かといると、楽しいことがいろいろあるんだぞ」

「たとえば？」

聞き返すと、ナルトの視線が宙に向いた。

「そうだな……いまだに思い出して笑っちまうのは、まだカカシ先生が火影になったばっかりのころに」

そこまで言って、ナルトはいきなり、盛大に噴《ふ》き出《だ》した。思い出し笑いにしちゃ派手だ。ちはれがあきれるくらい、嬉しそうにニヤニヤして、ナルトは続きを話し始めた。

「……とある窃盗団《せっとう》の討伐《とうばつ》任務を言い渡されて、たまたま里に戻ってたサスケも参加することになったんだよ。あいつ厳密には忍じゃねえから、非公式に協力してくれたんだけど」

うちはサスケに、はたけカカシ。雑談の中に、さりげなくすごい名前ばかり出てきて、ちはれは内心で感嘆した。人柄《ひとがら》のせいで妙に気やすく感じてしまうが、この人はやっぱり七代目火影なのだ。

「ボスの名前が『キネツ』って名前だったんだけど、あいつ、何を間違ったのかずっとボスのこと『キッネ』って呼んでて……作戦会議の間とか、ずーっと間違えててよ。みんな、名前間違っててんなって気づいてるんだけど、あいつがなんかずっとスカしてるから、誰も指摘できなくて、でもそれが余計に面白くて……」

「笑いをこらえてた？」

「っていうか、笑っていいのかわからなかったっていうか。で、そのあとチームを二手に分けることになってよ。オレは、キバとサクラちゃんと、あとシノと同じチームだったかな。サスケがいなくなるなり、サクラちゃんがぼそっと『名前間違えてたね』って言って、そしたらみんなで『だよなー!?』『あいつ間違えてたよなー!?』って、任務中なのに、腹抱《かか》えて死ぬほど笑っちまった」

そこまで言ってまたこらえきれなくなって、くっくと忍び笑いを漏《も》らした。

「もうずいぶん前のことだし、ほかのみんなは覚えてないかもしれないけどよ。オレは、いまだに思い出して、おかしくなっちまうんだ」

「……そうですか」

それからナルトは、仲間とのいろいろな思い出を話してくれた。

サイといのの結婚式で、爆泣きのチョウジはともかくシカマルまでちょっと泣いてたこと。大みそか、みんなで人生ゲームをしてたら熱中しすぎて、気がついたら年が明けていたときのこと。同期総出で全力で作戦を練《ね》って、カカシ先生の口布を引きはがして素顔を見ようとしたこと。サイが本気出して描《か》いた超獣偽画《ちょうじゅうぎが》の猫があまりにかわいくて、みんなが骨抜きになったときのこと。結婚前、イルカ先生やサクラに教えてもらって、苦手な料理を猛練習したこと。

「――練習して、絶対上手《うま》く作れるようになったやつだけ作んだよ。ヒナタは、オレって意外と料理ができると思ってっけどよ……本当は、見せる前に闇《やみ》に葬《ほうむ》った料理がたくさんあんだ。べしょべしょのチャーハンとか、ジャガイモの溶けたカレーとか」

誰の話をしていても、ナルトはすごく楽しそうだった。

どれもこれも、どうでもいいような、小さいエピソードばっかりだ。他人の話を、そんなに楽しそうに話せることが、ちはれにには不思議だった。きっとこの人は、仲間のことが好きで好きでたまらないんだろう。

あれやこれやと雑談しながらもしっかり目を動かして、最後の一つまでシャーレの確認を終えたナルトは、

「だめだ――っ、全部変化なし！」

大げさに言って、床の上にごろんと転がった。

「そうですか」

「そうですかって……もっとガッカリしろよ」

「成果は、出ないことが当たり前なので」

淡々と言うと、ちはれは青い瞳《ひとみ》を真上から見下ろした。

「今あなたが話してくれた仲間との思い出……私には、どれもしょうもなく感じました」

気を悪くするかなと思いつつ、正直に告《つ》げる。すると、ナルトはのそっと身体を起こし
「オレもそう思う」と笑った。

「変だよな。全部ちっちぇー出来事なのに、オレは、そういう些細《ささい》なことが一番好きなんだ。仕事で疲れたときとか、いろんなことが上手く進まなくてイラついてるときとかに……こういうことを思い出すと、なんか、元気になんだよ。くだらねえけどさ」

「…………」

ナルトの笑顔は、無邪気で屈託《くったく》がなくて、見ているだけで胸の奥に明かりが灯《とも》ったようになる。ほっとする一方で、後ろめたくもなった。ナルトが楽しそうに話せば話すほど、同じ感情を抱《いだ》けない自分への罪悪感が募《つの》る。

私はそんなふうに、周りを愛せない。

「あなたが、周りの人を大事にしてるのは、伝わりました」

いやというほど。

「でも、私はあなたとは違うので、人との繋《つな》がりは要らないんです」

自分に言《い》い訳《わけ》しているような気持ちで、ちはれは早口に続けた。「寂《さび》しいとも思わない

ですし、そもそも昔から一人でいることの方が多かったんで。……あなたみたいに、周りから愛されて育ってきた人には、理解できないかもしれませんけど」

ナルトは何か言いかけたが、小さく開けた口は、結局何も言葉を発することなく閉じた。

●

ちはれが大蛇丸の研究所に移ってから、二週間と少し。

ナルトは、研究室と火影室、そして自宅をタテヨコナナメに往復する日々を送っていた。実験は不発続き、火影の業務は繁忙期《はんぼうき》を過ぎたはずが、影分身《かげぶんしん》を使えないのが響《ひび》いて結局いつもの綱渡りスケジュールだが、発作の症状だけはなぜか改善されつつあった。頻度《ひんど》が目に見えて減っている。少し前までは日に何度もうずくまり、身体のあちこちを噛んで耐えていたのが、ここ数日は一度も発作が起きていない。

サクラの予想通り、病の原因がチャクラ管の動作不良ならば――もしかして、何かの拍子にそれが治って、快方に向かいつつあるのではないか。ナルトがそんな希望的観測を強く感じ始めたころ、天文学研究所からの鷹が火影室に到着した。

「発作の間隔が開いてるのは、むしろ良くねえってよ」

サクラからの手紙を読んだシカマルは、どストレートにナルトに伝えた。「チャクラは復活してねえんだろ。その状態で発作だけなくなってるってことは……」

「――やばい？」

「ま、わかんねえけどな。それより、あいつらから、でっけー手掛かりが来たぞ」

シカマルがデスクの上に置いたのは、藍色《あいいろ》の表紙の本だった。図鑑の類《たぐい》かと思うほど大判で、運搬《うんぱん》を任された鷹はさぞ骨を折ったことだろう。背表紙には、金箔《きんぱく》で『天体絵図』と書かれている。

「詳細は省くが、あいつらは天文学研究所でこの『天体絵図』を見つけて、『地に降りし空』に隠された極粒子《きょくりゅうし》の半分を見つけたそうだ。それが、これ」

ぽんと机の上に置かれたのは、護符が貼られた竹の器《うつわ》だ。

「かなり強いチャクラで封印されてる。ナルト、お前は触《さわ》るなよ」

「解除印《かいじょいん》はわかってるのか？」

「それは、こっちの資料に載ってるらしいんだが……」

シカマルは、竹の器の隣に置かれた綴《と》じ本《ほん》を、ぽんぽんと指の先で叩《たた》いた。『星ならべ』というカードゲームのルールブックらしい。

「残念ながら、肝心の部分の墨がかすれて読めやしねえ。これも、賢学院に送って解読してもらうよ」

「賢学院に、か……」

貴重な情報が、どんどん賢学院に流れていく。表向きは、こちらに協力してもらっている体《てい》だが、事務局長のフリエが腹の底で何を企《たくら》んでいるのかはまるで知れない。

ナルトが表情を曇らせたのに気づかないふりをして、シカマルは、竹の器の横に畳《たた》んだ藁半紙《わらばんし》を置いた。

「あとな。その『天体絵図』って本に、これが挟まってたらしい」

ナルトは藁半紙をのぞき込んだ。

×月×日　星が増えた

短い文が、崩し字で殴《なぐ》り書《が》きされている。文の下には、左向きに巻いた渦巻きのマークが描かれていた。渦巻きの左下には、小さな三角形が、ドア留めのストッパーのようにくっついている。

「これ……木ノ葉《こは》のマークか？」

「に、見えるよな」

「どういうことだ？　この本は、烈陀国《レダク》で見つかったんだろ？　なんでウチの里のマークがあんだ？」

ナルトに質問攻めにされ、シカマルは「さあな」と小さく首をすくめた。

「たまたま同じような象形が生まれただけかもしれねえが……現時点じゃ何とも言えねえな。ま、とにかく極粒子は手に入ったから、サスケとサクラはぼちぼち里に帰ってくるはずだ」

木ノ葉隠れの里から烈陀国《レダク》までは、平均的な上忍《じようにん》の移動速度で三十日ほど。サスケとサクラなら、それよりだいぶ早いだろう。

「カカシ先生は、もう少し烈陀国《レダク》にとどまるってさ。王子のクーデターを支援するらしい。連絡が来たのは少し前だから、もう終わってるかもしれねえな」

「嘆願が来てた件か」

一週間ほど前、ナルトは烈陀国《レダク》の王子から、食糧の援助を求める書簡《しよかん》を受け取っていた。事前にカカシから協力してやってほしいと連絡を受けていたので、一も二もなく支援を約束したが、クーデターにまで発展していたとは知らなかった。

「新しい女王の統治がうまくいってないらしい。餓《が》死《し》者も出てるみてえだ」

死者が出ていると聞いて、ナルトの表情が一気に曇った。

なんとかしてやりたい、という気持ちはもちろんある。しかし、迂《う》闊《かつ》に他国の内戦に介入すれば、攻め込まれる口実を作られる。火の国が戦力で烈陀国《レダク》に劣るとは考えにくいが、勝とうが負けようが戦争などしたくはない。

「……カカシ先生がクーデターを支援するってのは、大丈夫なのかよ?」

「まあ、見ようによっちゃ内政干渉《かんしょう》だな。長い間鎖国してた国だし、介入に妥当性があるかは微妙なところだ」

シカマルは、伸ばしたアゴのひげを軽く指でいじくった。

「木ノ葉の忍として、烈陀国《レダク》に雇われた抜《ぬ》け忍《にん》を一掃《いっそう》するのはまあ問題ねえだろう。だが、非戦闘員である女王や宰相《さいしょう》なんかを直接攻撃するのはアウトだな。……まあ、やり方はいろいろあるさ。たとえば、必ず向こうに先に攻撃させて、すべての攻撃を正当防衛の体《てい》にするとか……あの人のことだから、その辺はうまくやるだろ。どのみち連絡手段は鷹以外にねえんだ。心配してもしょうがねえよ」

「……だな!」

ナルトは不安を振り切るように、明るい口調でうなずいた。表情は笑顔だが、口の端が引きつっている。相変わらず、感情がそのまま顔に出るやつめ——シカマルは苦笑いで、ナルトの背中をバンと叩いた。

「そろそろ仕事しろ。そこらへんの稟議書《りんぎしょ》、大体全部今週末までだろ。早めに目ぇ通しとけよ」

ナルトのもとに予期せぬ来客があったのは、その三日後のことだった。

「火影様に会いたいという人間が来ているんですが……」

取り次いだモエギの表情ははっきりと困惑している。「来年度雷車敷設計画《らいしゃふせつ》」について、額《ひたい》を突き合わせて話し合っていたナルトとシカマルは、きょとんとして首を傾《かし》げた。今日は、来客のアポイントメントはなかったはずだ。

「本人は賢学院の人間だって言い張ってますけど、身分証を持ってなくて。お通ししますか？」

「用件は？」

「ええと……キョクリューシ？　とかいう物質について」

ナルトとシカマルは、顔を見合わせた。

「通してくれ」

サスケとサクラが持ち帰った極粒子は、賢学院に調査を依頼中だ。解析が終わったのだろうかと、二人は緊張して来客が案内されてくるのを待ったが、モエギに連れられおずおずと姿を見せたのは、ちはれだった。

「あの、実は……」

モエギの足音が遠ざかるのを待って、ちはれはおもむろに切り出した。

「あなたの病気を治す方法を見つけました」

シカマルは一瞬目を見開き、すぐに眉をひそめてナルトを見た。なぜこの女が病気のことを知っているのかと聞きたげだが、説明している場合じゃない。

「ほんとか！」

椅子を蹴飛《けと》ばして立ち上がったナルトに、ちはれは「はい」とうなずいた。

「フリエ事務局長からの依頼で、『極粒子』という名の新物質の解析を行ったんです。その結果、極粒子には、チャクラを増幅する作用があることがわかりました」

「チャクラを増幅する？」

シカマルがすぐに反応した。「ってことは、チャクラが出なくなっている人間が触れたら……」

「体内のチャクラ管を流れるチャクラが、爆発的に増えるものと考えられます。七代目の病気が、尾獣《びじゅう》を体内に入れていることによるチャクラ管の動作不良の類だとすれば、極粒子に触れることで、チャクラ管の流れが改善するかもしれません。ただ……」

言《い》い淀《よど》み、ちはれは表情を暗くした。「極粒子はおそらく賢学院の所有なので、勝手に持ち出すことができないんです。機密扱《あつか》いで。私が、今こうしてあなたたちに情報をリークしていること自体、すでにアウトです。火影が直々に交渉したら、もしかしたら譲ってもらえるかもしれませんが、フリエ事務局長のことですから一筋縄では……」

「あ、いや、その物質はオレたちが頼んで解析にまわしたんだ」

ナルトが言うと、ちはれは「え？」と伏せていた視線を上げた。

「極粒子を見つけたのは、オレたちの仲間なんだよ。今は賢学院に預けて解析を頼んでるけど、いずれは手元に戻ってくるはずだ」

ちはれは、たっぷり十秒ほど黙り、それから拍子抜けしてつぶやいた。

「……なんだ。よかった」

ありがとな、とナルトは笑ってお礼を言った。極粒子の依頼主がナルトたちだとは知らないまま、ちはれは規則を犯してここへ来てくれたのだ。

「お前が極粒子を解析したってことは」

シカマルが、探るような目つきで聞いた。「器の封印は解けたのか？」

「封印？　私の手元に来たときは、すでに極粒子だけの状態になっていましたけど」

ということは、賢学院は、竹の器に施《ほどこ》された封印を解いたのか。

「その極粒子はどこにある？　まだお前が持ってんのか？」

「いいえ。今朝、賢学院の使者に渡しました。今は、フリエ事務局長の手元にあると思います。かなり不安定な物質なので、適切な取り扱い方法を知るためにもう少し詳《くわ》しい解析にかけるんじゃないでしょうか」

「そんなに、安定しねえのか」

シカマルに聞かれ、ちはれは神妙にうなずいた。

「水に極端に弱くて、少し触れただけですぐに分解されて消えてしまいます。それから、チャクラを劇的に増加させるので、チャクラ量の多い人間にとっては猛毒同然ですね。ひとたび触れれば、体内のチャクラが一気に倍増して経絡系《けいらく》が破裂されてしまいますから」

シカマルは、少し考えた。極粒子に触れることでナルトの病状が回復する可能性があるのなら、それを試すのは早い方がいい。

「なんとか理由をつけて、早めに極粒子を賢学院から引き上げてェな。シズネさんに連絡を取ってみるよ」

早口に言って出ていったかと思えば、シカマルはあわただしく戻ってきて顔をのぞかせ、

「ナルト。言い忘れてたが、さっき渡した企画書、明日《あした》までにチェックしてくれ」

そう言い置いて、今度こそ火影室を後にした。


忙しい人だなあ。

ちはれは、改めて火影室を見まわした。

部屋中、書類だらけだ。デスクの隅《すみ》に置かれた『七代目火影』の印鑑は、就任《しゅうにん》してまだ数年も経《た》っていないだろうに、早くもゴムが擦《す》り切《き》れている。ゴミ箱の中には、エナジードリンクの空《あ》き瓶《びん》とインクの切れた赤ペンが数本。

ここが、木ノ葉隠れの里の長《おさ》たる火影の部屋なのだと思うと、なんだか悲しかった。

「サンキューな、ちはれ」

部屋の有様《ありさま》に同情されていることなど知らず、ナルトはにかっと歯を見せてお礼を言う。

「お前が一足早く教えてくれたおかげで、すげー安心したってばよ」

「お礼を言うのは私の方です」

ちはれが言うと、案の定《あんじょう》、ナルトの表情がきょとんとなった。

たくさんの人々の暮らしを人知れず守ってきた英雄の、澄んだ青い瞳。

やっぱり、この人はわかっていないのだろう。——五大国《ごたいこく》の科学者たちが研究に打ち込めるのは、彼が忍界大戦《にんかいたいせん》を終わらせたからだということ。

ちはれは今年で二十五になる。ペイン襲来や第四次忍界大戦の時にはもう生まれていて、物心もすっかりついていたはずだが、当時のことはほとんど覚えていない。親に連れられて、どこかへ疎開《そかい》したような記憶がぼんやりある気がするが……いや、あれはやっぱり、ただの旅行だったかも？　その程度だ。大人《おとな》になり、当時を振り返るテレビ番組や雑誌の特集を見て、そんなに深刻な事態だったのかと初めて知った。

守られていたから、知らなかったのだ。

五大国が争い、忍が命を懸《か》けて里を守っている間、ちはれは家にこもって電球を分解したり科学の本を読んだり、自分の好きなことばかりやって過ごしていた。自分が、誰かの背中にかばわれて生きているなんて、想像さえしたことがなかった。同年代の多くの子供が、きっと同じような感覚でいたと思う。

「私は忍のことには詳しくありませんが……現在存在する忍の中に、ずば抜けて力の強い人間が二人いることくらいは知っています。一人はあなたで、もう一人はうちはサスケ。五大国が争いをやめることができたのは、この二人が世界平和を望んだことが大きい。純粋な戦いであなたたちに勝てる忍はいませんからね。六代目火影は、軍事より経済を発展させることに力を注ぎ五大国間の安定をはかりましたが、それができたのは、後《うし》ろ盾《だて》にあなたたちの強さがあったからです。あなたたちの強さを戦争の抑止力としてうまく利用して巧《たく》みに立ちまわることで、はたけカカシは今の平和を築いた」

自分の話をされているときはピンと来ていなかったくせに、話がカカシのことになると、ナルトは得意げに「そうなんだよ」とうなずいた。

「カカシ先生ってば、ぼーっとしてるように見えて、めちゃくちゃすげえんだよな！」

ちはれは、じれったくナルトを見つめた。——私が言いたいのは、あなたは彼よりもっとすごい、ってことなのに。この人は、いつも、他人のことばかりだ。

「……六代目火影の治世より以前、チャクラは長い間、ほぼ戦いの道具としてしか利用されていませんでした。国を守ることが何より優先される時代だったからです。でも、今は違う。現代の科学者は、好きな研究に思う存分打ち込むことができます。私たちの研究成果は、戦争の道具として役に立つか立たないか以外の基準で、正当に評価してもらえる。

それは、あなたや、あなたの仲間たちが、平和な社会を作り上げたからです。多くの科学者が、あなたたちに感謝していますよ」

「そーかァ?」

ナルトはぽりぽりと頭をかいた。「そこまでいろいろ考えてるやつは、少ねえと思うけど……」

「少なくとも私は感謝してます。だから、今日、ここに来て幻滅しました」

んん? とナルトが動きを止める。

「これが、あなたのなりたかった『火影』なんですか?」

散らかった火影室を見まわし、ちはれはもどかしくまくしたてた。「毎日毎日働きづめで、やることといえば、机にかじりついて書類のチェックや押印ばかり。あなた、大戦の英雄なんじゃないんですか? こんな退屈な仕事ばっかりしてて、本当に楽しいですか?」

「え。楽しいに決まってんだろ」

「そう、楽しいに決まって………え?」

あっさり肯定《こうてい》され、ぽかんとなるのにも一拍遅れてしまう。

ナルトは、無秩序に積まれているように見える書類の中ほどから、一通の茶封筒を正確に引っ張り出して、中に入っていた書類を出した。

「ほら、これ見ろよ。額当ての発注書。今年アカデミーを卒業するやつらの分。オレ、初めて額当てつけたとき、すっごい嬉しかったからよ。書類見るだけでワクワクすんだよな」

ナルトの手の中でひらひら揺れる発注書と、嬉しそうなナルトの顔を、ちはれは交互に見比《みくら》べた。

「……別に、その仕事をするのは、あなたじゃなくてもいいと思いますけど」

「やりてーんだよ」

きっぱりと言うと、ナルトは彼らしくもない几帳面《きちようめん》な手つきで書類をしまい、壁に飾られた歴代火影の写真へと視線を移した。

「綱手《ツナデ》のバアちゃんが火影になって最初にした仕事は、戦いで負傷した忍の治療だった。カカシ先生が火影になったときは、忍界大戦の戦死者の年忌《ねんき》式典を執《と》り行《おこな》うことだった。四代目のときは、なんだったのかなあ……わかんねえけど、あの時代だし、きっと嫌《いや》な仕事が多かったと思う」

写真の中の波風《なみかぜ》ミナトは、意志の強さにあふれた凛々《りり》しい表情で、まっすぐに正面を見《み》据《す》えている。でも、そのまなざしには不思議と、隠しきれない木漏《こも》れ日《び》のような優しさがにじんでいるようにも思えた。

「オレが火影になって最初にしたのはさ、旧市街の和菓子屋に営業許可を出すことだったんだ。笑っちまうだろ？　平和でよ」

くすぐったそうに言い、ナルトは歯を見せて笑った。「嬉しいんだ。そういう里になったことが。デスクワークは性に合わねーなって思うこともあるけど……この里で、ボルトやヒマワリみてえな次世代が育ってって、オレの仕事がその糧になるっつーんなら、全然頑張れる。里のことを守っていけるなら、形はなんだっていいんだ。オレのこと英雄だって言うやつもいるけど、戦争なんてしたことねーからよ」

　意志の強さにあふれた、極上の笑顔。きっと、これまでたくさんの人間が、この笑顔に心を動かされてきたんだろう。彼の笑顔には、尽くしたくなる力がある。この人が目指す場所になら、自分もついていこうという気にさせられる。彼が火影に選ばれた理由は、彼の力の強さが理由ではないのかもしれない。

　私の認識は間違っていたのかもしれない、とちはれは思った。

「……あなたは」

　ちはれは、ゆっくりとナルトを見た。「あなたは、どうして火影になりたかったの？」

「みんなに認められたかったんだ」

　即答だった。意外だ。

「……みんなに認められたかった？」

「答えになってないですよ。あなただったら、火影になんかならなくても、いくらでも周りに人が寄ってきたでしょうに」

「はあ？　全然そんなことねえよ」

ナルトは、心底不思議そうに目をしばたたいた。「そういやお前、前にも、オレが愛されて育ってきたとか言ってたけど……むしろ、子供のころは、いつも一人だったんだぞ。アカデミーに行けばシカマルとかキバとかいたけど、家に帰ったら誰もいねーし、里歩いてるだけで舌打ちされたり、いきなり大人に蹴られたりとか——とにかく、すっげー嫌われてた」

「うそ」

「ほんとだって」

ナルトは、なんてことなさそうに言って、引き出しを開けた。

「だからかわかんねーけどさ、とにかく、誰かに認められたかったんだ。それが、火影になりたいって思った最初のきっかけ」

引き出しの中から出したのは、真新しい額当てだ。ちはれに投げてよこして、ナルトは「見ろよ、それ」と誇らしげに笑った。

「アカデミー卒業生の新しい額当て！　業者が見本で持ってきたんだ。素材を改良してくれてよ。去年のより軽くて硬くなってんだ。ぴかぴかだろ？」

「……ええ」

ちはれは、額当てに刻印された木ノ葉のマークを、指でなぞった。ぐるぐるの渦巻き模様は、この里を象徴する標《しるし》だ。

「あなたは、本当に周りの人が好きなんですね」

ちはれが言うと、ナルトは「おう！」と誇らしげに胸を張った。

●

「今日もだめだ。なーんも変わってねえ！」

ナルトは、勢いをつけて棚から飛び降りると、ゴーグルを外してこめかみをぐりぐりとマッサージした。白眼を使うのにもだいぶ慣れてきたが、調子に乗って長時間使いすぎると、目が疲れてピントが合いづらくなってくる。

今日も、進展はなしだ。ちはれの実験に付き合い始めてからもう何万個のシャーレをチェックしたかわからないが、なかなか芳《かんば》しい結果は得られない。

「極粒子は、まだ賢学院から戻らないんですか？」

かたかたと卓袱台の上のパソコンを叩きながら、ちはれが聞く。

ナルトは「それが、まだなんだってばよ！」と不満もあらわに声を荒らげた。

「シカマルが何度も急《せ》かしてんのに、水に弱いから安全に運搬するためどうたらこうたらって、何かと理由をつけて返しやがらねェんだ！」

「未知の物質ですからねえ。少しでも長く手元に置いて、研究したいんでしょう」

変化なし、変化なし、変化なし……と、コピー&ペーストで実験の結果を一斉《いっせい》入力すると、ちはれはくるりと顔を向けた。

「それにしても、あなたのお仲間は、一体どこであんなに珍しい物質を見つけてきたんですか？」

「ああ、火の国のず――っと西に烈陀《レダク》国って国があってよ」

「烈陀《レダク》国？　懐かしい名前だわ」

何の前触れもなく会話の参加人数が一人増えた。

ぎょっとして振り返ると、いつの間に部屋に入ってきたのか、大蛇丸が立っている。大蛇丸は長い舌を伸ばし、驚いた拍子にちはれが落としたバインダーを拾い上げた。

「これ、うちの備品でしょ？　大事にしてくれる？」

「大蛇丸……お前、烈陀《レダク》国に行ったことがあるのか？」

目を見張って聞くナルトに、大蛇丸は「ええ」とあっさりうなずいた。

「穢土転生《えどてんせい》に似た禁術が伝わっていると、噂で聞いて調査に行ったのよ。もう、ずいぶん前の話だけどね。アナタが着けてるそのゴーグルは、烈陀《レダク》国で見つけた技術を応用して作ったのよ」

伸ばした舌の先が、ゴーグルのレンズの周りをちろちろと動きまわる。気味悪そうに身体を引くナルトを見て、大蛇丸は口の端を上げた。

「烈陀国《レダク》に伝わっていたのは、他人の『眼』の能力を移植する術だった。盲目だった友人のジャンマール＝タタルのために、六道仙人が作り出したものだと伝承に残っていたわ。本来は義眼を媒体《ばいたい》にして、目の見えない人間が視力を得るための術だったんだけど、それをゴーグルに応用したってわけ。まだ試作品だけど、この子の実験に役に立ってるなら、よかったわね」

そう言って、ちはれに視線を移す。ちはれは委縮《いしゆく》して、両手に持ったバインダーを握りしめた。

「ま、今のところあんまり上手くいってないみたいだけど」

「そうなんだよ」

ナルトが、腕組みしてうなずく。「毎日たくさんやってんのに、なかなか成果が出ねぇんだ」

「新しい技術を生み出すのは、困難なことよ。とにかく試して、失敗から学ぶしかない。穢土転生もそうやって生まれたんだから」

「いばんな」

禁術の開発と一緒にするんじゃねェよ、とナルトににらまれ、大蛇丸はなぜか嬉しそうにニタッと目を細めた。

「毎日使ってるなら、ゴーグルの扱いにもそろそろ慣れたでしょう。三日後、どこまで白眼を扱えるようになったか、見せてもらうわよ」

言うだけ言うと、いきなり蜃気楼《しんきろう》のようにゆらりと揺れ、そのまま、空気に溶けるようにして消えていってしまう。相変わらず、よくわからないやつだ。


最初の約束では、あくまでチャクラの増減をチェックするだけ、という話だったが、ナルトはいつも実験の後片付けまで手伝って帰った。液状チャクラを専用のタンクに廃棄《はいき》し、洗浄液でシャーレをざぶざぶ洗っていく。

「なあ、ちはれ。お前、自分の意志で、賢学院の施設を出たんだよな？」

明日の実験の準備をしていたちはれは、液状チャクラを投入するためのスポイトを手にしたまま、「ええ、そうですけど」と振り返った。

「なんで、そうしたんだ？」

ナルトになにげなく聞かれ、ちはれは少し黙ってから答えた。

「前にも言ったじゃないですか。人といるのがストレスなんです」

「それだけじゃねーだろ」

「どうして、そう思うんです？」

「だって、今やってるこの実験は結局、人のためじゃねえか」

ちはれは小さく息継ぎして、まじまじとナルトの顔を見つめた。

どうしてこの人は、いちいち私のことなんかを気にするんだろう。七代目火影の立場からしてみれば、自分のような一科学者など取るに足《た》らない存在だろうに。里中《さとじゅう》に、名前の知れたすごい仲間がたくさんいるのに、どうして私のことまで知りたがれるのだろう。

この実験自体は、世界にとって大きな意味のあることで、七代目火影が協力する価値が充分にあると自信を持てる。でも、実験を行うちはれ自身とも向き合おうとするナルトのスタンスが、ちはれは不思議で仕方なかった。

誰にでもこうなんだろうか。——誰にでも、こうなんだろうな。

「星を、見つけたんですけど」

「星？」

ナルトに背を向けたまま、ちはれはぽつぽつと話し始めた。

「私の専門は、本来は宇宙物理学だって、前に言いましたよね。半年ほど前、天体を観測していて、不思議な動きをする星を見つけたんです。北から南へ、南から北へ、一周ごとに少しずつ軌道を変えながら、この星の周りをぐるぐるまわってる」

「月みたいなもんか」

「月よりも、ずっと速いです」

スポイトから垂《た》れた液状チャクラが、とろりとシャーレの真ん中に着地した。少し崩れて尾を引いた、いびつな円。まるで、落ちてくる隕石《いんせき》みたいな。

「私は星の存在を、賢学院に報告しましたが……そんな天体があるわけないって、誰も信じてくれませんでした。軌道を変えながらまわってるなんて、ありえないって」

「そいつらにも観測させればよかったんじゃねえの？　自分の目で見れば否定できねーだろ」

「その星を観測するのに充分な技術を持つ研究者は、賢学院にはいません。あそこは〈人の役に立つ科学〉を研究するところですから。……星のことなんて調べても、なんにもならないでしょ。それで、上層部は私に、宇宙の研究をやめてもっと実益に繋《つな》がる分野に移ることを迫《せま》りました。それを受け入れる代わりに、私は賢学院を出たんです」

言いながら、だんだん恥ずかしくなってきた。改めて自分で説明すると、なんだかすごく小さなことのように感じられる。発見した星の存在を信じてもらえなかったからって、スネて出ていくなんて、子供みたいだ。他人と協力するのは苦手だとか言っておきながら、結局、誰かに認めてもらいたがっているじゃないか。

あきれられてやしないかと、ちらりとナルトの顔を見れば、彼は「なるほどなあ」と大きくうなずいていた。

「そりゃあ、ショックだよな」

「…………」

「オレだったら、すげー嫌だってばよ。本当にあるのに、存在するはずないなんて否定されたらよ」

「まあ、もう済んだ話なので」

鼻の奥がつんとして、ちはれは強引に話を打ち切った。

この人といると、ほっとする。寒い冬の日にお日様色の陽だまりに惹《ひ》かれるみたいに、本能的に寄っていきたくなるような、不思議な吸引力がある。

逃げるように棚の隅に移動して作業を続けていたら、濡《ぬ》れた手からぴっぴと水しぶきを弾《はじ》きながらナルトが顔を出した。

「シャーレ、全部洗ったぞ。これ、どうする？」

「あ……乾燥させてください」

おー、と気の抜けた返事をして、ナルトが立ち上がる。棚の間をすり抜けて、乾燥室に向かいかけた足音が、ふいに止まった。

「……おい、ちはれ。こっちの棚に置いてあるのって」

「さっき準備したばかりのシャーレです。結果が出るにはまだ時間がかかると思いますよ」

「でも、出てる」

え？　とちはれは首を伸ばした。

「ほら、あそこ。すげえ勢いでチャクラがあふれてる。ドライアイスに水かけたみてーだ」

ナルトの指が棚の上を指すが、ちはれの目には何も見えない。何事かと棚に近づくと、胸ポケットの中でぱきんと硝子の砕ける音がした。

「ウソ……」

チャクラ量の測定器にひびが入っている。なんで割れたんだろうと思いつつ、予備のものを取りに行こうと部屋の外に向かいかけ、まさかと思い直して足を止めた。ひび割れた測定器をもう一度確認すると、目盛を指す針が最大値から大きく振り切っている。

ちはれはナルトの顔を見て、測定器を見て、棚の上を見上げそれからもう一度、ナルトの顔を見た。

「え……？」

割れた測定器を、おそるおそる棚の上の方に近づけると、振り切れすぎた針が根元からぱきんと割れてしまった。

間違いない。気体化したチャクラが棚の周りに充満している。ものすごい量だ。

「……初めてですね」

ちはれは、震えそうになる声を絞り出した。「成果が出たのは」

「やり――――っ!!」

ナルトは、子供みたいに顔をくしゃくしゃにして、右腕を振り上げた。

実験が前進したお祝いにメシ食おうぜ、とナルトに連れられて来たのは『一楽《いちらく》』と書かれた提灯《ちょうちん》のさがった小さな屋台だった。旧市街にある老舗《しにせ》のラーメン屋の出張屋台らしい。

「いいことがあったら、ラーメン食うだろ。普通」

何が普通なのかわからないが、七代目火影の行きつけにしては、ずいぶん庶民的だ。改装前の店舗で使われていたものをそのまま使っているという暖簾《のれん》は、すっかり汚れて、あちこちに油の染みが浮いている。しかも、今どきプロパンガス。

六席しかないカウンターは、すでに四席が埋まっていた。

真ん中に座っていた子供が、ナルトの顔を見るなり目を丸くする。

「あーっ、父ちゃん！」

「なんだ、ボルト。来てたのか」

ボルトにミツキ、サラダ。それから、アカデミーの校長であるイルカが、並んで座っている。

「今、サラダがイルカ先生のとこ泊まってるからさ。オレたちも一緒に、一楽に連れてきてもらったんだ」

「良かったな。イルカ先生に、どんどんおごってもらえ」

冗談めかすナルトに、「お前なあ……」とイルカがあきれた視線を向ける。

気を遣った子供たちが止める間もなく席をずれてくれたので、ナルトとちはれは、真ん中に空いた二つの椅子に腰を下ろした。左から、イルカ、ナルト、ちはれ、ボルトとサラダとミツキと、はからずも四世代の年齢順の並びになる。

「イルカ先生とナルトが並んでるのを見ると、なんだか懐かしいねえ」

麺《めん》の器をカウンターに並べながら、本店から出張中のテウチが嬉しそうに眉を下げる。

「あぁ……こいつがアカデミー生だったころは、しょっちゅう連れてきてましたもんね」

「オレ、イルカ先生に初めて一楽に連れてきてもらったときのこと、今でもはっきり覚えてる。授業の後にさ、しょうゆラーメンおごってくれて、オレこんなうめえラーメンがあったのかってビックリしたんだぜ」

イルカは箸《はし》を割りながら、ははは、と懐かしそうに笑った。

「お前、カップラーメンと全然ちげえって目を丸くしてたっけなあ」

「おう。一楽のラーメンは、世界一だってばよ！」

あの七代目火影が、べた褒《ぼ》めするラーメン……。

ちはれは、茶色く透けたスープを蓮華《れんげ》にすくい、じっと視線を落とした。

さぞかし素晴らしい味がするのだろうと、麺を蓮華のスープに絡《から》めて箸に巻き取り、口の中に運んで思わず首を傾げた。おいしいっちゃおいしいけど……普通のラーメンだ。身体は温まるけど。

「そんなにおいしいかなぁ……」

ひとりごとのつもりだったが、隣にいたボルトに聞かれてしまった。

「だよな」

ボルトは、ナルトたちと話すテウチに聞かれないよう小声でうなずくと、さらに声をひそめて続けた。「父ちゃんもイルカ先生も、一楽大好きだけどさ。オレは断然、新市街の雷《かみなり》バーガーの方が美味《うま》いと思う」

そう言うと、ナルトの方をちらりと見て「……父ちゃんには内緒だけどさ」と付け加え、ずずずっとラーメンをすする。ハンバーガーの方が美味いと言うわりに、ボルトはなんだか嬉しそうだ。

ちはれは、隣に座る男の横顔をじっと見つめた。

ナルトは、テウチのしょうもない冗談にも無邪気に大口を開けて笑い、ラーメンをすすっては、たまらなそうに口元をゆるめている。隣にいる先生が何か言うたびに、笑ったり怒ったり、嬉しそうに反応している。

ナルトがここのラーメンを好きなのは、きっと、あの優しそうな先生に連れてきてもらった思い出があるからなのだろう。授業の後で彼とここへ来て、いろんな話を聞いてもらって、それが楽しかったから、ラーメンのことも好きになったのだろう。

そういえば、この間ミツキが言ってたっけ。ボルトたちと、ハンバーガーショップに寄り道したって。

きっとボルトの場合は、ラーメン屋ではなく、ハンバーガーショップなのだ。仲の良い友達といつもそこで時間をつぶして、楽しい思い出があるから、ラーメンよりハンバーガーが好きなのだろう。

……私は、好きな食べ物、ないなあ。

ちはれれは、麺の上のなるとを、行儀悪く箸の先でいじくった。

ナルトの周りには、いつもたくさんの人がいる。

「……あなたにぴったりの名前ですね。うずまきナルト」

ぼそりとつぶやくと、隣のナルトが「おう」と嬉しそうに顔を向けた。

「オレも気に入ってんだ。なるとってうめえもんなあ」

「そっちじゃなくて、苗字《みょうじ》の方です。宇宙には、渦巻き状の銀河があるんですよ。渦巻きの中心に大きなブラックホールがあって、周りの物質を引き寄せていると言われてる。排水溝が水を吸い込むとき、ぐるぐると渦を巻くでしょう」

イルカは箸を止め、唐突な宇宙談義を始めたちはれれの方を見た。

「渦の中心には、常《つね》に、周りを引き寄せる存在がいるんですよ。みんなが吸い寄せられて、繋がって、渦巻きというひとつの大きな運動を作る。……まさに、あなたそのものです。

圧倒的な吸引力で人をたらし込む」

「た、たらし込むって……あんま褒められてる気がしねえんだけど……」

ナルトは困惑したようにぽりぽりと頬をかいたが、「でも、ありがとな」と気を取り直した。

「うずまきは、母ちゃんの苗字なんだ。オレはちょっとしかしゃべったことねえけど、うるさくて強くて、確かにブラックホールっぽかったってばよ。髪は、黒じゃなくて赤かったけど」

「クシナさんは確かに、パワフルな人だったらしいな。お前と同じで、いつも何かと騒動の中心にいる人だったって」

イルカは懐かしそうに言うと、どんぶりの中のなるとを箸でつまみ上げた。「渦巻きマークは木ノ葉の象徴でもある。本当に、お前にぴったりの苗字だよ」

そういえば、忍がつける額当てには、渦巻きのマークがついている。ちはれは、隣に座るボルトがつけた額当てを見ながら聞いた。

「なんで木ノ葉のマークはこんな象形なんでしょうか。あんま、葉っぽくないですけど」

「忍者が額に葉っぱを当てて、チャクラを集中させる訓練をしたことに由来すると言われてる。渦巻きは、端からたどっていくと、いずれ中央の一点に帰結するからな」

イルカが言い、ちはれは納得して小さくうなずいた。

「確かに、散らばったものを一か所にまとめるイメージのある象形ですね」

「ああ。でも、ベクトルを変えれば、真逆のイメージを抱くこともできる」

「べくとる？」

ナルトが不思議そうにイルカを見る。

「外からたどれば中心点に行きつく。じゃあ、逆に、中心点からたどればどうなる？　外に向かって、どこまでも広がっていくだろう。一か所にまとまるどころか、永遠に散らばっていく象形のイメージに変わる。渦巻きっていうのは、内から外への動きと、外から内への動きを同時に表す数少ない象形の一つだ。だから、一部の国では、絆の象徴になっていたりもする。『内』は自分、『外』は仲間って言い換えてもいいな」

ちはれは、いかにも教師らしいイルカの口上を聞きながら、どんぶりの中のなるとに視線を落とした。魚のすり身にくっきりと浮かんだピンク色の渦巻き。

「でも、ぐるぐるにはほかにもいろんな意味があるんだぜ！」

ボルトが、横から得意げに口を挟んだ。

「ひまわりの種とか、サボテンのトゲは、よく見ると渦巻きみてえな形で生《は》えてんだ。均等に陽の光を浴びれる並びなんだってよ」

「長いものを効率よく収納する形状でもありますよね。うちの親もときどき、とぐろを巻いてます。蛇モードの時とか」

ミツキが言うと、サラダも続いた。

「お墓に渦巻きを彫《ほ》る地域もあるんですよね。まわり続ける渦巻きは、永遠の象徴だから、亡くなった人がいつか戻ってくることを期待したって」

いずれも初耳だったらしいナルトは、箸を持ったまましばし固まった。

「……お前ら、ちゃんと勉強してんだな」

「つか、父ちゃんだって習ったんじゃねえの？　アカデミーで」

「オレの時には、そこまで詳しくは習わなかった気がするな……」

「バカタレ、ちゃんと教えたぞ」

ごまかそうとするナルトの背中を、イルカはどこか嬉しそうにバンと叩いた。「お前はキバとシカマルとノートのはしっこで○×ゲームで遊んでて聞いてなかっただけだ」

よく覚えてんなあ、とナルトがあきれ顔になる。

ラップに包んだチャーシューを冷蔵所にしまいながら、テウチが「ちょっとちょっと」と顔を向けた。

「話に花が咲いてるところ悪いけど、のびる前に食っちゃってよ」

ちはれの研究は、いよいよ大詰めを迎えていた。

どのような状況下でのどのような刺激が、チャクラに影響を与えるのか。ひとつわかれば、重回帰分析《じゆうかいき》にかけて見当をつけることができる。もう、闇雲《やみくも》に実験を繰り返す段階は終わった。ここまで来たら後は理詰めだ。

多能性付与装置の試作品が完成したのは、ナルトが白眼でチャクラの増加を確認してから、わずか三日後のこと。

「今日の午後、賢学院からの使者が試作品を引き取りに来る予定で……これで、いったん実験は終了になります。いろいろ、協力してくださって、ありがとうございました」

「こっちこそ。お前の研究成果で、きっと木ノ葉のみんなが助かるからさ。ありがとな、頑張ってくれて！」

わざわざ火影室まで報告に来たちはれは、弾けんばかりの笑顔を向けられ、ぎこちなく視線をそらした。

結局最後まで、この人のまぶしさに慣れなかったな。そんなことを思いながら、でもどこか名残《なごり》惜しいような気持ちで、火影室を後にする。


――その日の午後。

ナルトは約束通り、火影岩のある崖《がけ》の上で大蛇丸と落ち合った。

ゴーグルの使用モニターとして、白眼の習熟度を見せるのだ。

「ちょっとは使いこなせるようになったんでしょうね？」

「火影をなめんなよ！」

威勢よく答え、ナルトはゴーグルのバンドを引っ張ってぱちんとこめかみで鳴らした。

もちろん、ヒナタやハナビのレベルにはまだまだ遠く及ばない。それでも、自分の身近な人間のチャクラを識別したり半径百メートル程度の範囲を把握《はあく》するくらいなら、余裕でできるようになっていた。ここまで習熟できたのは、ちはれの実験を手伝って毎日ゴーグルを使い続けたのが大きい。

大蛇丸はナルトに向き直ると、額のゴーグルを摑んで引き下ろした。勝手にレバーを引いて白眼状態にすると、青い瞳をレンズごしにじっと見つめて、提案する。

「私が今、身体のどの部分にチャクラを集中させてるか当ててちょうだい」

「右手」

「じゃあ、これは？」

ナルトが即答すると、大蛇丸の長い舌が、薄い唇の間で嬉しそうにチロチロした。

「左足？」

「これは？」

「んー……右膝《みぎひざ》か？」

「じゃあ、これ」

「アゴ」

ナルトが正解するたびに、大蛇丸の黄色い瞳は三日月型に近づいて、ついには完全なニタニタ笑いになった。

「良いセンスしてるわ」

「そりゃあ、どーも……」

褒められているはずだが、どうにも薄気味悪い。顔をしかめたナルトは、ふと、里の外に強いチャクラの気配を感じて、顔を向けた。

「………！」

このチャクラ。サスケとサクラだ。移動速度から考えて、須佐能乎《スサノオ》を使っているらしい。昨日、カカシも無事に木ノ葉隠れの里に帰ってきたたし、これで全員が烈陀《レダク》国から戻ってきたことになる。

良かった。みんな、無事に帰ってきた。

「何？　どうしたの？」

突然里の外に視線をやったまま動かなくなったナルトの様子を見て、大蛇丸は怪訝そうに眉をひそめた。

「あ、いや、えーっと……なんでもねえ！」

ナルトは慌《あわ》てて取《と》り繕《つくろ》い、ごまかすように、旧市街の方を見た。

と、樟《くす》の木のある半壊した屋敷のそばに、見覚えのある人影が立っているのが目に入る。ちはれだ。そういや、試作品の受け渡しをするって言ってたな——と、見ているそばから、いかにも科学者風情《ふぜい》の白衣の男が二人歩いてきて、ちはれに声をかけた。

「んー……？」

ナルトは、目を凝《こ》らして、男二人の動きを注視した。身のこなしとチャクラ量から判断して、おそらく二人とも忍だ。どういうことだろう。科学者でありながら、忍でもあるということか？

二人の男が、にこやかにちはれに歩み寄る。ちはれが差し出したアタッシュケースを受け取るなり、男はちはれの鳩尾《みぞおち》に拳《こぶし》をめり込ませた。

「！　あいつ！」

身体を折ったちはれの頭から、もう一人の男が麻袋を被《かぶ》せる。

ナルトは慌てて崖から飛び降りようとしたが、大蛇丸の放《はな》った蛇が足首に絡みついてきたためにつんのめってしまい、べしゃっと顔面を岩場に打ちつけて転んだ。

「大蛇丸！　何すんだってばよ！」

「こっちのセリフよ。私には見えてないんだから、何があったのか説明して」

「ちはれがさらわれた。賢学院の連中だ！」

早口に言い、蛇を引きはがして再《ふたた》び飛ぼうとするナルトの脇腹に、今度は大蛇が巻きついた。

転びそうになって踏みとどまり、「邪魔すんなってば！」と腹に巻きついた蛇をわしづかみにしたナルトの口があんぐりと開いた。

大蛇じゃない。大蛇丸だ。鱗《うろこ》の生えた身体は蛇そのものだが、顔だけ大蛇丸。

「きッ……」

もちわる！

思わず手を放したナルトの手の甲を、伸びてきた舌がべろんとなめまわした。

「落ち着きなさいよ。この場は泳がせた方がいいって言ってるの」

言ってねえ。

「ちはれは科学者よ。設計図が正しいことが確認できるまでは殺されることはないわ」

「それっていつだよ!?」

「さあ？　三日くらい？」

適当に答える大蛇丸を今度こそ引きはがして、ナルトはちはれの姿を探した。

さっきの男二人が、民家の屋根の上をひょいひょいと伝って逃げていく。明らかに忍の身のこなしだ。ちはれを閉じ込めた麻袋は、男の一人が俵背負《たわらぜお》いしている。

すぐには殺されないだろうと大蛇丸は言ったが、保証があるわけではない。追いかけようと地面を蹴るが、大蛇丸は三度、ナルトの邪魔をする。

「次、動こうとしたら、殺すわよ」

立ちはだかって邪魔をする大蛇丸を、ナルトはキッとにらみつけた。

「なんでだよ!? お前になんか関係あんのか!?」

「私もあの装置が欲しいの。それに、正体のわからない人間を相手にするなら、アジトを突き止めて根絶やしにしないと意味ないわ。落ち着きなさいよ、里の長らしくもない」

二人がにらみあっている間に、男たちはどんどん遠ざかっていく。

「……〜〜〜わぁったよ！ 今は見てるだけだ！」

ナルトは観念して、早口に吐き捨てた。

「その代わり、お前も手伝えよ。気配を消して、あいつらの後を追うぞ」

●

男たちは、新市街のはずれにある飛行艇の発着所へと入っていった。今日は閉鎖日のようで、あたりにはひとけがない。

敷地内には、火の国が所有する飛行艇を格納する巨大な倉庫と、賢学院との共同出資による研究所が建っている。男たちが入っていったのは、研究所の方だった。

「ちょっと、何してるの？」

躊躇《ちゅうちょ》なく窓を開けようとしたナルトを、大蛇丸が慌てて止めた。

「何って、中に入んねえと」

「そんなところから堂々と侵入したら、警報が鳴って面倒なことになるわよ。アナタ、国際機関に不法侵入したことないの？」

あるわけねーだろ。

不法侵入のエキスパートらしい大蛇丸が言うので、窓から入るのはあきらめ、まず大蛇丸がセキュリティをハッキングすることになった。エントランスにまわると、ちょうどあの二人の男たちが出てきたところだ。ちはれは連れていない。

ナルトと大蛇丸は視線を交わし合い、同時に地面を蹴った。

「ちはれは、どこやった？」

顔を見られないよう、背後から肩を押さえてナルトが聞くと、男たちはまるきり抵抗もせず両手を上げた。

「あの研究者なら、二十七階にいる。非常階段を出てすぐの、電磁実験室」

「オレたちは雇われただけだ。雇い主のことすら、何も知らない」

「ありがとう」

優しく言うと、大蛇丸は男たちの首筋に順に噛みついた。ふらりと後ろに倒れた二人の身体を、ナルトが慌てて受け止める。

「おい、殺してねえだろうな!?」


男たちから奪ったエントリーカードで、入口のセキュリティゲートを堂々と突破し、ナルトと大蛇丸は研究所の中へと侵入した。

研究所は管制塔も兼ねており、建物自体はなんと三十階まであるが途中のフロアはスカスカだ。ナルトと大蛇丸は非常階段を駆け上がり、二十七階の電磁実験室へと飛び込んだ。

「！　七代目！」

ちはれは部屋の中央で、床の上に座り込んでいた。縛《しば》られたり拘束されたりはしていない。格好《かっこう》は連れ去られたときのままで、すぐにでも走って逃げられそうだ。

「お前、動けるじゃねーか。なんで逃げねえんだよ」

「動けないんです！」

「はぁ？」

言われて視線を落とせば、ちはれの周りだけを丸くよけて、床中にまきびしが散らばっている。酸化鉄で覆《おお》われた通常の鉄製のものではなく、赤茶けた銅製のまきびしだ。

いやいや。今時、ただのまきびしって。

「こんなもん、端によけりゃあいいだろ……」

あきれたナルトが部屋の中に足を踏み入れたとたん、床中のまきびしがふわりと浮き上がった。

つま先をまきびしがヒュッとかすめ、慌てて足を引っ込める。

「でぇ!? なんだこれ!」

ぎょっとするナルトの目の前で、まきびしがヒュンヒュン風を切って部屋中飛びまわり始めた。踏んだら痛いだけの地味なトラップかと思いきや、侵入者を検知すると立体的に動きだす仕組みになっていたらしい。

赤銅色《しゃくどういろ》の破片が縦横無尽《じゅうおうむじん》に飛び交うさまは、流星群の中に放り込まれたようで美しくさえあった。うっかり手でも伸ばそうものなら、肉ごとえぐられるのだろうが。

「ね!? こうなるんで、動けないんです!」

ちはれの座っているところだけは安全地帯のようで、まきびしが通らない。それはつまり、飛び交うまきびしに周囲を囲《かこ》まれて、どこにも行けないということだ。

「私のことはいいので、それより二人とも、格納庫に向かってください! 今すぐ!」

「格納庫に何かあんのか!?」

「私はフリエ事務局長に騙《だま》されてました! フリエは、多能性付与装置を使って極粒子を複製して、上空から木ノ葉の里にばらまくつもりなんです！」

「極粒子を？」

ナルトが、不思議そうに眉を上げた。「なんでそんなことするんだ？」

「狙いは、忍ね」

大蛇丸が、しゃがれ声で指摘する。「極粒子は一般人には無害だけど、チャクラ量の多い忍にとっては劇薬と同じだわ。触れれば、増大したチャクラがチャクラ管に詰まって、さまざまな障害を引き起こす」

「何!? やべえじゃねえか、すぐ止めねえと！」

「急いでください！ 装置はすでに、フリエが飛行艇に搭載しているはず！」

ナルトは、大蛇丸の方を振り返った。

「どうせ格納庫にもセキュリティかかってんだろ。大蛇丸。先に行って解除しといてくれ。オレは、ちはれを助けてから、合流する」

大蛇丸は、何か言いたげにナルトを見たが、黙って踵《きびす》を返した。

二人の会話が聞こえなかったちはれが、声を張りあげてナルトを急かす。

「七代目！ あなたも早く、格納庫へ！」

「いや、お前を助けてからだ！ このままここには置いていけねーだろ」

ちはれは戸惑《とまど》って、小さく口を開けたまま固まった。

「そんな……今は、私なんか優先してる場合じゃ……大体、どうやってこのトラップを抜けるんですか？」

「強行突破！　こんなちっちぇーまきびし、百個くらい食らったって死にゃしねーってばよ」

　言うなりナルトが飛び込もうとしたので、ちはれは「わ——ッ、ストップ!!」と慌てて止めた。自分のせいで火影が大ケガするなんて冗談じゃない。

「そんなあぶないこと、絶対やめてください！」

「なんだよ。じゃあどーすんだ」

　ナルトが不満げに口をとがらせる。

「磁石を探してください」

「磁石？」

「すぐ近くにあるはずなんです。おそらく、このまきびしは、渦電流を利用したトラップなので」

　ナルトが、なんのこっちゃ、という顔になる。

「金属に磁石を近づけると、渦巻き状の強力な磁場が生まれるんです！　おそらく、この部屋のどこかに巨大な磁石があって、それが引き起こす磁場の力がこのたくさんのまきびしを一度に動かしてるはず！」

渦電流は、飛行艇のブレーキシステムにも採用されている。そしてここは、飛行艇の開発研究室だ。巨大な磁石を利用した渦電流の発生装置が、どこかにあると見て間違いない。

まきびしが銅製なのは、鉄よりも磁場の影響を受けやすい素材だからだろう。

「まきびしの動きはランダムに見えるかもしれませんが、よく見ると、いくつかの渦巻きの組み合わせで動いてるはずです!」

白眼で注視すると、確かに、しっちゃかめっちゃかに見える動きの中に、法則があるようだった。部屋の四か所に渦が発生しており、部屋の中のまきびしは、そのいずれかの動きに沿って回転している。他のまきびしとぶつからない絶妙な間隔をあけて、同じ場所を、ひたすら、ぐるぐる。

でも。

ナルトは、ひとつひとつのまきびしの動きを丁寧に目で追って、結論づけた。

「うずまき……じゃ、ねえだろ、この動きは」

イルカ先生が言ってた。渦巻きの象形は、永遠に外側に向かって散らばっていく象形だって。でも、目の前のまきびしの動きは、ただの円だ。独立した環に過ぎず、どことも繋がっていない。太陽の周囲を巡る惑星のように、同じ場所をぐるぐるまわるだけで、どこへも行かない。

動きが単純なら、見切れるはず。

ナルトはゴーグルのレバーを引き直した。

「な、何する気ですか……！」

「やっぱ強行突破」

「はぁ!?」

目をむいて驚くちはれだが、ナルトはあくまで強気だ。

「大丈夫。多分、ケガしねえよ」

なにしろこっちには、ヒナタから借り受けた白眼があるんだから。

ナルトは、カッと目を見開いた。まきびしの流れが薄い場所を目指して、大縄跳《おおなわと》びに入るみたいに、タイミングを合わせて地面を蹴る。

身体が宙に浮き、チリッと耳の先が裂けた。顔をかばって構えた腕に、グサグサとまきびしの棘《とげ》が刺さる。しかしその程度でひるむわけもなく、ナルトは一直線に駆け抜けて、中央の無風地帯へと飛び込んだ。

「いってェ～。やっぱちょっと、かすっちまったか」

身体を確認して苦笑いするナルトを、ちはれは呆然《ぼうぜん》として見上げた。

「……あれだけの数のまきびしを、見切ったんですか？」

「全体に気を配って、次の動きを予想すれば、難しくねえよ」

ネジの受け売りだけど。

心の中で付け加え、ナルトはひょいっとちはれを担《かつ》いだ。

「何するんですか！」

「何って、戻んねえと」

来た道を戻るつもりらしいと気がついて、ちはれは青ざめた。

「下ろしてください！　もっと安全に突破する方法がありますから！」

「磁石を探せ、ってやつか？　でも、すぐ見つかるとは限らねーし、時間がもったいねえ」

「ほかにも方法はあるんです！」

なんで人の話を最後まで聞かないんですか、思いついてから行動までが早すぎます、とぶつくさ言いながらナルトの腕から下りたちはれは、部屋の中をじっと見まわして、それからおもむろに、「床、壊せますか？」と聞いた。

「壊すって」

「なんでもいいです。殴《なぐ》るでも蹴るでも。亀裂が入るくらいに破壊すれば」

渦電流は、平板な金属板に磁石を近づけたときに起きる。この部屋の場合は、鉄でできた床が金属板の役割を果たしているから、表面が平坦でなくなる程度に破壊すれば渦電流は消えるはずだ。

ナルトは言われるがまま、握りしめた拳を思いきり床に叩きつけた。

ベコッ！

サクラのように粉砕とまではいかなかったが、床に大きな亀裂が入る。すると、元気よく飛び交っていたまきびしが突然動きを止め、ばらばらと床の上に散らばった。

「……なんだ」

ナルトは拍子抜けしてつぶやいた。

「無理やり渡る必要なかったな」


足の遅いちはれを肩に担ぎ、ナルトは階段を四段飛ばしで駆け下りて、格納庫へと向かった。

「あ、ここにも刺さってる……」

ナルトの背中に刺さったまきびしを抜き取って投げ捨て、ちはれは逆さまの視界のまま、ハァー、とため息をついた。「本当、なんで私なんかのために、七代目火影がケガしてんですか。ありえないですよ。これ、公《おおやけ》になったら私がバッシング食らうやつじゃないですか。なんでそんなに優しいんですか。みんながみんな、あなたの仲間みたいに、守る価値のある人間だと思ったら大間違いですよ」

担いで運んでもらっておいてなんだけど、愚痴《ぐち》があふれて止まらない。

「私はあなたみたいに、社会の中で、他人と繋がるなんてできないんです。一人で引きこもって、好きなことだけやって生きていきたい。そういう人間なんですよ？」

背中に向かってぶつぶつ言われ続け、最初は聞き流していたナルトも段々うっとうしくなってきて「あーもう、うるせえなあ！」と、言い返した。

「お前が嫌だって言うなら、別に無理に他人と繋がれなんて言わねえよ」

「でも、あなたやあなたの仲間が大事にしてるのは『人との繫がり』でしょ。そう言うの、私には不向きです」

「だから、無理やり心開けなんて要求しねーって。昔みてーに、みんなが里のために頑張んなきゃやっていけねえような時代は終わったんだ。人と繫がりたくねーって言うなら、それでもいい。そういうやつでも生きていけるのが、平和な社会ってやつだろ」

ちはれは、ふつっと黙った。

今のままでいいと言われると、それはそれで、なんだかじりじりする。なんだか、強がりを尊重されて、本音が行き場を失ったような。

ナルトは、息ひとつ乱さずに階段を駆け下りながら、ふっと声を柔らかくした。

「ヒナタはさ、生まれた家が忍の名門だったし、時代が時代だったから、当たり前のように忍になったけど……もともと、人と戦って勝ち負けを競うようなタイプじゃなかったんだよな。あいつが生まれたのが今だったら、きっと、違う仕事を選んだんじゃねえかって思うんだ。ほかにもきっと、本当は戦いたくないのに無理してたやつがいたと思う。オレ、ずっと、そういうのを変えたかったんだ」

この人は、奥さんの話をするとき、いつも声がゆるむ。

ちはれは、広い背中を見つめながら、小さく息をついた。きっと、素敵な奥さんなんだろう。私みたいに、ひねてなくて。

「だから、お前も、無理して人と繋がろうとしなくていいってばよ。自分がそうしたいって、想《おも》いがこみあげてきたときだけで」

ダン！

ラストの十二段を、踊り場から一気に飛び下りて、ナルトはあっという間に二十七階から一階までたどり着いてしまった。

「そんなことよりよ、フリエはなんで、お前に装置の開発をさせてたんだ？　その装置が完成したら、階《きざはし》ガスの需要が落ちちまうじゃねえか」

「成果を階の国で独占するつもりだったんでしょう。極粒子を使って各国の忍をせん滅したあと、自国の忍のチャクラを使ってガスをコピーすれば、エネルギー市場を完全に独占できますから」

「…………」

フリエの思考は絵に描いたような利己主義で、七代目火影の立場からしてみれば、到底許されざる計画だ。

ナルトは何も言わなかったが、背中の体温が少し熱くなった。

格納庫の正面には、飛行艇が出入りするための巨大なシャッターがある。その隣には小さな通用門があり、大蛇丸はその前にいた。

「ハッキングは終わったか？」

「もちろん」

鷹揚《おうよう》にうなずいた大蛇丸の背後で、通用門のシャッターが、どうぞお入りくださいとばかりにゆっくりと開いていく。

格納庫の中は、真っ暗だ。空気がかすかに金臭《かなくさ》いのは、飛行艇の燃料に使う階ガスのにおいだろう。火の国が所有する十二台の飛行艇は、暗闇の中、穴倉で眠る動物のようにひっそりと息を殺している。

十二台のどこかに、フリエがいるはずだ。多能性付与装置も同じ場所にあるなら、チャクラの気配がするはず。ゴーグルを装着してチャクラを探そうとしたナルトの背後で、ヴー、と聞き覚えのある機械音がした。

「ちはれ、下がってろ」

ナルトが言うまでもなく、ちはれはすごい勢いで後ずさって、ヤモリのようにビタッと壁に張りついた。

一か月ぶりの再会だ。四つの回転翼《プロペラ》を備えたドローン。

「またお前らか……！」

口調のわりに驚いた様子も見せず、ナルトは腰を落として警戒態勢をとった。こいつらがここにいるということは、ちはれの地下研究室へドローンを差し向けたのは、やはりフリエだったのだろう。目的は、ナルトの排除か。

「なあに、こいつら。ショボそうね」

「多分、物によって能力が違う。オレが知ってるのは自爆するやつと……」

言ってる間に、格納庫の奥から、次々とドローンが現れた。十とか二十とか、そういう数じゃない。百はいる。鳥のように群れて、ゆっくりと迫ってくる。

「……後は、レーザービームを使うやつか」

ナルトは軽く息を吸い、先手必勝とばかりに踏み込んだ。アームを掴んで引き寄せ、中央の球体にアッパーをぶち込む。どうせ中身は精密機械だ。殴れば壊れる。

3。

頭の後ろすぐのところで、デジタル数字が点灯したのが、白眼の視界に入った。2。爆弾を搭載したドローンが、カウントダウンを始めている。

「やべ……っ！」

振り向いたナルトの目の前で、カウントダウンの表示が1に変わり、そのまま停止してガシャンと床に落ちた。大蛇丸の放った蛇が、球体部分に牙《きば》を突き立てたのだ。

なしくずしに、戦闘が始まった。

ドローンVSナルト&大蛇丸。個別の戦闘力で負けるはずはないのだが、なにしろ数が多い。百台はあるうえに、それぞれ違う能力を搭載しているので、対応に迷ってしまう。自爆型に、レーザービームを打ち込んでくるやつ。それに――

「……べくしゅんっ！」

間の抜けたくしゃみの音が響き渡り、ナルトはぎょっとして音の出どころを振り返った。

「べくしゅっ……ふぁくしょん！ へぐちっ……――〰っしょんっ!!」

着物の袖口《そでぐち》で顔を覆った大蛇丸が、ヘッドバンギングするようにしてくしゃみを繰り返している。ドローンの中に毒霧を噴射するやつがいて、食らってしまったらしい。隙だらけの大蛇丸に向かって、レーザービームの銃口《マズル》が伸びる。

「……っくしょん！ くしっ！」

止まらないくしゃみに翻弄《ほんろう》されながらも、大蛇丸は俊敏に反応して右に飛《と》び退《すさ》った。レーザービームは余裕でよけたものの、飛んだ先に別のドローンがいて、回転翼《プロペラ》で肩を切ってしまう。たいしたダメージではなかろうが、大蛇丸の眼光は屈辱《くつじょく》にゆがんだ。

「たかが機械風情が……私に、くしゅんっ、傷をつけたわね……」

悪態をついてみても、きまらない。ドローンたちは、弱った隙に付け入るように、ここぞとばかり一斉に大蛇丸へと迫った。あるドローンはするするとマズルを伸ばし、またあるドローンは自爆のカウントダウンを始めている。大蛇丸は周りのドローンたちを冷酷《れいこく》にねめつけたが、その鼻はふがふがしている。

「ふぁ……ふぁ……」

マズルの先が赤く光る。自爆までのカウントダウンは、すでに1。

「ふぁ……は――――っくしょんッッッ!!」

ズゾゾゾゾ!!

大蛇丸の口から、おびただしい数の蛇が飛び出した。万蛇羅《まんだら》ノ陣《じん》――口から大量の蛇を吐く、大蛇丸の特異技だ。数百もの蛇が、鱗で編《あ》んだ絨毯《じゅうたん》のように床を埋め尽くし、うぞうぞと身体をくねらせてドローンへと飛びかかっていく。

「わっ!」

足元を這《は》う蛇に驚き、びくっとナルトが持ち上げた右足を、大蛇丸はむんずとわしづかみにした。

「キレたわ」

「は？」

掴んだナルトの足首を、大蛇丸はそのまま真上に向かってぶんと放り投げた。ナルトは格納庫の天井までたっぷり五メートルほど吹っ飛ばされ、天井に備えつけられたスプリンクラーにつかまってぶら下がった。

「おわっ……何すんだ、大蛇丸！」

「せこせこ一台ずつドローンを相手にするなんてごめんよ。操縦者を見つけてちょうだい」

操縦者——ドローンの。

単純な行動は搭載されたプログラムによるものかもしれないが、ドローン同士の連携《れんけい》や、最初の自爆のタイミングなどは、人の手で指示が出されていると考えた方が自然だ。

ちはれの話じゃ、フリエは飛行艇の中にいるんだったな……。

ナルトは、スプリンクラーに腕を引っかけたまま、格納庫を見下ろした。

あちこちで、蛇VSドローンの熱戦が繰り広げられている。蛇たちは、縄状の身体を生かした小回りを駆使し、巧《たく》みにドローンを翻弄しているようだ。ようやくくしゃみの止まった大蛇丸は、ヤケクソ交じりに、手近なドローンを片《かた》っ端《ぱし》から破壊しまくっている。

ドォン！

ナルトはゴーグルを装着して、格納庫内の飛行艇を慎重に見比べた。

「あれだな」

北側の入口付近に停《と》まった一台の内部にチャクラの気配を感じ、スプリンクラーから手を放して飛び降りる。そのまま地面に直で着地することはせず、落ちる途中ですれ違ったドローンのアームをがしっと掴んだ。飛びつかれたドローンは、大きく揺れて高度を下げたが、驚くべきことに墜落せずに飛び続け、それどころか、マズルをナルトの鼻の先までまっすぐに伸ばしてきた。

チカッと、先端が赤く点滅する。

ちょうどいい。レーザービームが発射される寸前、ナルトは身体を大きくしならせ、ドローンの向きを強引に変えた。マズルの先端を、入口近くに停まった飛行艇へと向けてやる。その間、ゼロ、コンマ数秒。

まっすぐに発射されたレーザービームは、狙い通り、飛行艇を直撃した。

ドォン！

木製の壁が膨張《ぼうちょう》して焼け切れ、天井ごとふっとぶ。ナルトはドローンから飛び降り、飛行艇の中へと入った。

外観から判断して、てっきり三階建ての客船タイプかと思っていたが、内側は巨大なワンルームに改装されている。船首近くに、ノートパソコンを抱えた男がへたり込んでいた。

賢学院のＨＰで見たのと同じ顔だ。こいつが――寒辺《かんへん》フリエ。

「よぉ」

ナルトは、トンと一足跳びに移動して、フリエの目の前に立った。

冷静でいようと努めたが、自然と声に怒《いか》りがこもってしまう。

「直接顔合わせんのは初めてだな。フリエ事務局長さんよ」

ひっ、と喉《のど》を震わせて、フリエはかたかたと震えだした。ドローンの操作は、両腕に抱えたノートPCで行っていたのだろう。

国際機関のトップという地位にいながら、いざナルトと対峙《たいじ》したフリエの反応はずいぶん卑屈だった。青ざめた唇も震えて定まらない視線も、憎む気にすらならないほど哀《あわ》れだ。

「これ以上、手荒な真似《まね》はしたくねーんだ。……わかるよな?」

淡々と聞くナルトの表情に勝手に恐怖を覚えたフリエは、こくこくとうなずいてノートPCを開き、キーを叩いた。飛行艇の外を浮遊していたドローンたちが、一斉に床に降り立ち、動かなくなる。

「ちはれの装置は?」

フリエはこわばった表情のまま、震える指を持ち上げた。

指さす先を追うと、艇内の後方に、立方体の黒い機械――多能性付与装置が置かれている。機械には丸いフラスコが接続され、硝子《ガラス》の球体の中で、銀色の砂がきらきらと光を放っていた。

あれが、極粒子か。

ナルトが装置に意識を向けたのを見るなり、フリエは上着の内側から光子銃《フォトンガン》を出した。

もちろんナルトはすぐに反応して難なくよけたが、放射されたレーザービームは多能性付与装置のフラスコを直撃した。パン！　と硝子が勢いよく弾け飛ぶ。剝き出しになった極粒子が、床にざらりとこぼれた。

「てめェ……！」

この期《ご》に及んで、卑怯《ひきょう》な真似しやがって。

ナルトが握りしめた拳を突き出すより一瞬早く、口を開けた蛇が飛びかかって、フリエの喉元に嚙みついた。大蛇丸の蛇——ということは、深々と刺さった牙《きば》には、間違いなく毒がある。フリエは数秒ほどでぐるんと眼球を裏返し、静かになった。

「殺してねえだろうな！」

フリエに駆け寄り、呼吸があることを確認して、「おあー、良かったぁ」とナルトはほっと胸を撫《な》でおろした。

「大丈夫よ、その子は麻痺《まひ》毒タイプだから。たまたまね」

飛行艇の中に入ってきた大蛇丸が、小さく首をすくめて言う。

「よし、こいつ暗部に引き渡すぞ。ほかにも協力者がいるかもしれねえから、聞き出さねーと」

「何言ってるの……こんな男、生かしといてもしょうがないでしょ」

大蛇丸は顔をしかめると、床に転がった光子銃《フォトンガン》を拾い上げ、銃口をまっすぐフリエに向けた。

「殺しちゃえば早いわ」

「やめろ！」

大蛇丸がトリガーを引くより早くナルトが飛びかかり、二人は床の上を転がった。何度か上下を入れ替えてもみあった末、なんとかナルトは光子銃《フォトンガン》をひったくったが、すかさず伸びてきた大蛇丸の舌が銃身に絡みついた。ぎりぎりと、綱引きのように、しばし引き合う。

「ちったァ丸くなったかと思えば……変わんねェなぁお前は相変わらず！」

「ふっ……アナタもやっぱりズレてるわ。人のこと、勝手に見極めないでくれる？」

大蛇丸は力勝負をあきらめて舌をゆるめ、トンと床を蹴って一気に距離を詰めた。

ダン！

当て身を食らい、ナルトは光子銃《フォトンガン》から手を放してしまう。とっさに銃を遠くに蹴り飛ばして、殴り込んできた大蛇丸の右拳を左手で受け止めた。続いて打ち込まれた左拳も、右手で受け止める。

両者押し合い、再び、力比べになった。

「甘いわね。自分を暗殺しようとした男を生かしておくなんて」

「うるせー！」

大蛇丸の着物の袂《たもと》を摑み、ナルトは自分に向かって勢いよく引き寄せた。

ガンッ!!

大蛇丸のアゴめがけて、頭突きを食らわせる。続けざまに、膝打ちを二発。近距離の肉弾戦で早めに決着をつけなければ、一度でも距離を取られて、印《いん》を結ぶ隙を与えたら終わりだ。忍術勝負に持ち込まれたら、チャクラを使えないナルトに勝ち目はなくなる。

とどめとばかりに、細いアゴめがけて右ストレートをぶち込んだナルトの手首を、大蛇丸がぱしっと摑んだ。

振り乱した長い黒髪の合間から、爬虫類《はちゅうるい》の黄色い瞳がナルトを見つめる。ぞわりと悪寒《おかん》が走り、一瞬動きを止めたナルトの顔面に、大蛇丸の拳がめり込んだ。

「ぶッ……」

唇が、ビッとものすごい音を立てて裂けた。二発、三発と連続で殴られ、唇の流血が鼻血と混じって床に散る。こっちは忍術を使われないよう警戒していたというのに、まさか大蛇丸のようなタイプが、体術勝負に自らのってくるなんて。

七発も殴られたところで、ナルトはなんとか大蛇丸の袖口を摑み、力任せに床の上へと引き倒した。両腕を大蛇丸の肘《ひじ》の下にまわし、関節技に持ち込もうとした——瞬間、ごりゅっとものすごい音。はっと視線を下げれば、大蛇丸は白目をむいて、ぴくぴくと泡を噴いている。外れた右腕が、だらんと軟体動物のように垂れ下がっていた。

え？　まだなんもしてないぞ？

ナルトが気を取られた隙に、大蛇丸がするりとナルトの腕から逃《のが》れた。

「あ……っ！」

そうだった。この蛇男は、関節を自由に外せるのだ。泡を噴いていたのはただの演技か。

大蛇丸は光子銃《フォトンガン》を拾い上げると、床の上で伸びているフリエへと銃口を向けた。

ヴン！

レーザービームが飛び出して、フリエの膝をかすめる。

「ぎゃぁッ!!」

フリエはビクッと身体をのけぞらせた。超高温に触れた膝は骨ごと弾け、自然発火を起こして燃え上がる。熱は細胞から細胞へと伝わり、炎は見る見る大きくなって、膝から腿《もも》、そして腰へと広がっていく。

「あづっ……あづい……っあ、あ――っ！　あ――っ！」

フリエはたまらず床の上をのたうちまわるが、光子銃《フォトンガン》の着火した炎はその程度では消えない。燃え盛る炎の舌は、もう腹の方まで包み込んでいる。

「くそッ……！」

ナルトは、大蛇丸に背中から飛びかかった。大蛇丸の手から光子銃《フォトンガン》がすっぽ抜け、カシャンと床へ落ちる。一撃入れて黙らせようと、拳を握りしめたナルトの目の前で、ふっと大蛇丸の姿が消える。はっとして背後に意識を向ければ、真後ろから腕が伸びてきて、ナルトの首を握った。

「私が丸くなったなんて、とんだ勘違いよ」

大蛇丸のささやく声が、耳たぶを撫でる。

「フリエ一人殺すくらい、私にはなんてことないわ」

「じゃあなんで……ッフリエを、止めようとっ、したんだってばよ……っ！　ミツキが
……街にいる、から……っだろ……！」

首の気道をつぶされ、意識が遠のいていく。朦朧《もうろう》とするナルトのかかとに、何かが当たった。さっき落とした光子銃《フォトンガン》だ。

かすむ視界に目を凝らせば、飛行艇の外で、壁に張りついておびえるちはれが見える。

「……ちはれ！」

ナルトは、切れ切れの声でなんとか叫び、光子銃《フォトンガン》を蹴った。くるくる回転しながら床を滑《すべ》った光子銃《フォトンガン》は、立ち尽くすちはれの足に当たって止まった。

大蛇丸が、ゆっくりと顔を向ける。

「貸しなさい」

低い声で言うと、ナルトから手を放し、大蛇丸はゆっくりとちはれのもとへ歩み寄った。

「ちはれ！　拾え！」

ナルトは膝をついたまま、ひしゃげた声帯に鞭《むち》打って叫んだ。「拾って、天井を撃て！」

ちはれは、飛びつくようにして光子銃《フォトンガン》を拾うと、ぎゅっと目を閉じて、銃口を天井に向けた。

パン！

甲高《かんだか》い発砲音。

銃口からまっすぐに飛び出した光線は、天井に高温の熱を浴びせた。直撃を受けた場所は一瞬で真っ黒に焼けこげ、熱は天板を伝わって全体に広がっていく。

「なんてことを……」

大蛇丸が、小さくつぶやく。

格納庫に設置されていたスプリンクラーは、熱感知式だ。システムが高温を検知して、六畳に一つの間隔で備えつけられた防災システムに指令を出した。消火せよと。

天井のあちこちから銀色の装置が突き出て、放射状に水をまき散らし始めた。

フリエの身体を燃やす炎が、じゅうじゅうと水蒸気をあげて消えていく。

格納庫の中は、たちまち水浸《みずびた》しになった。飛行艇も、多能性付与装置も、そして――フラスコが割れて剝き出しになった極粒子も。

「…………」

ナルトは、こうなるとわかっていて、ちはれに天井を撃てと言った。

仲間が持ち帰った極粒子が、シュワシュワと音を立てて蒸発していく。

四章

chapter 4

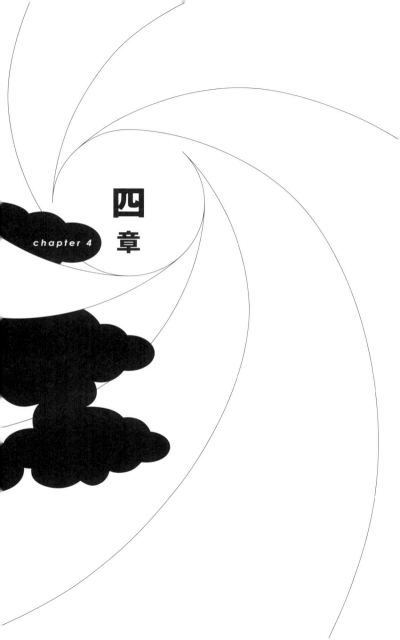

「お前たちの説明を総合するとだ」

柱に背を預けて胡坐《あぐら》をかいたサスケは、不機嫌《ふきげん》を通り越して怒《いか》り心頭《しんとう》だった。

「極粒子《きよくりゆうし》をみすみす消失させたのは、敵の命を救うためというわけか」

「まあ……そうなるってばよ」

ナルトは気まずげに頰《ほお》をかいた。

サスケとサクラがはるばる烈陀国《レダク》まで行って手に入れた極粒子を、結果的に消失させてしまったことについては、本当に、心から申《もう》し訳《わけ》ないと思っている。でも、仕方がなかったとも思う。ああしなければ、フリエは死んでいた。

たみ和菓子店の屋根裏部屋。

いつものメンツに、今日《きよう》はちはれも加わっている。極粒子が消失したというとんでもない報《しら》せを受け、全員目の前の仕事を放り出してともかく集合したのだった。

「あの、一応捕足しますけど」

初対面でいきなり怖いサスケに恐縮しつつ、ちはれはおずおずと口を挟んだ。

「七代目があの場に来たのは私を助けるためで、もとはといえば私がフリエに騙《だま》されていたのが、そもそもの……」

「それくらいわかってる。お前は黙ってろ」

あしらわれ、ちはれれは素直に黙った。

サスケの額《ひたい》に浮いた青筋《あおすじ》は、さっきからさっぱり収まらない。里の長《おさ》たるナルトが、自分の命より周《まわ》りを優先させることに、腹が立って仕方ないのだ。

「消えちゃったものは、もう仕方ないわ。それより、一刻も早く次の手を考えなきゃ。もう時間がない」

サクラがなだめるように言って仕切り直す。それぞれが烈陀《レダク》国から持ち帰った情報を総合し、改めてナルトを精密検査して、サクラはナルトの病状についてかなり高い確度での推察を立てていた。

ナルトの病《やまい》の原因は、最初の予想通り。尾獣《びじゅう》を体内に入れていることによって引き起こされるチャクラ管の動作不良と見て、ほぼ間違いない。

九尾《きゅうび》のチャクラは、九尾が意図してチャクラを貸そうとしたときにしか、ナルトの身体《からだ》に流れることはない。しかし、何度もチャクラの貸し借りを繰《く》り返《かえ》すと、ごくまれに、癒《ゆ》着《ちゃく》したお互いのチャクラの境があいまいになって、常《つね》に人柱力《じんちゅうりき》の体内に微量の尾獣のチャクラが流れている状態になってしまうことがある。その状態が続くと、ナルトの本来のチャクラ管は、九尾のチャクラを異物とみなし、管を狭めて閉じることで排除しようとする。

ナルトの発作は、チャクラ管が強引に収縮を繰り返すことによる副作用だったのだ。

「最後に発作が起きたのは、もう半月も前なのよね？」

サクラに聞かれ、ナルトはこくりとうなずいた。

「……発作が起きなくなってきたのは、チャクラ管が閉じかかってる証拠だわ。完全に閉じてしまったら、極粒子があってもおそらくもう回復しない」

表情を険《けわ》しくするサクラに、サスケが聞く。

「完全に閉じるまで、どれくらい猶予《ゆうよ》がある？」

「今回の検査結果から見て、三日ってところね」

三日。

あっという間だ。誰かが止めていた息を吐いたのか、窓のない部屋の中で行灯《あんどん》の炎が急に揺れた。

「……極粒子を手に入れる方法は、まだあるだろ。一応」

シカマルが、サスケからサクラへと視線を移しながら聞いた。

「ええ。六道仙人《りくどうせんにん》は、極粒子を二つに割って、『離れず巡《めぐ》る星』と『地に降りし空』に隠した。私たちが手に入れたのは、『地に降りし空』に封印《ふういん》された極粒子だから、『離れず巡る星』の在処《ありか》がわかれば、極粒子のもう半分が手に入るはずだけど……」

サクラはそこで言葉を切り、表情を暗くした。

おそらく、『離れず巡る星』の在処も、『地に降りし空』と同じく烈陀国《レダク》だ。今すぐ向かったとしても、たどり着く前にナルトのチャクラ管は閉じてしまう。

「残った手掛かりは……この藁半紙《わらばんし》か」

シカマルは、畳《たたみ》の上に、折り目の付いた紙を置いた。

ちはれが首を伸ばして、紙をのぞき込んだ。

「なんですか、これ」

「ああ、お前は、初めて見たか。これ、『天体絵図』に挟まってたんだよ。星が増えたっつー文章の意味も謎《なぞ》だが……それより気になるのは、木ノ葉隠《こ　は　がく》れのマークの方だな」

つぶやいて、シカマルは墨《すみ》の渦巻き模様を指の腹で撫《な》でた。

カカシが書簡を送るまで、火《ひ》の国と烈陀国《レダク》との間には直接の交流がなかった。間にある国の旅人や商人を通じて、そんな国があるらしいという噂《うわさ》をごくたまに伝え聞く程度。本当に存在しているのかどうかすらお互い怪《あや》しんでいるようなレベルだったというのに、その烈陀国《レダク》で発見された書物に、木ノ葉隠れの里を表す象形が刻《きざ》まれているなんて、あまりに不自然だ。

「木ノ葉のマークの由来は、忍《しのび》が額の上に木の葉を置いてエネルギーを集中させる修業をしたことだって、アカデミーでイルカ先生に習ったわよね。木ノ葉を表すマークが描かれた紙が入ってたってことは、もしかして極粒子の半分は火の国にあるのかも」

「多分違いますｊ

その場にいた全員の視線が、ちはれに集まった。

「渦巻きのモチーフは、古今東西いろいろな国で使われているんです。たまたま似た象形が生まれることくらい、ありますよ。木ノ葉では、渦巻きはエネルギーの集中を表すマークですが……烈陀国《レダク》では、全《まった》く違う意味があるかもしれない」

「だから、その違う意味ってなんだよ？」

苛立《いらだ》って聞くシカマルを、ちはれはまっすぐに見つめた。

「古文書に書いてあったんでしょう？　六道仙人は隕石《いんせき》を受け止めて砕いたって……だとすれば、この絵は落ちてくる隕石を表したものではないでしょうか」

隕石。

サクラは自分の額当てを外《はず》し、見慣れたはずの象形を改めてまじまじと見つめた。確かに、落ちてくる隕石を表したものに見えないこともない。左下の逆三角形は、落ちてくる隕石の進路を示しているようにも受け取れる。

「ただ……隕石の象形としては、不自然な点がありますｊ

「渦巻きだろ」

ナルトが口を挟んで言った。「大蛇丸《オロチまる》が言ってたんだ。烈陀国《レダク》では、螺旋《らせん》は再生の象徴だって。でも、隕石は再生なんてしねェ。一方的に落ちてくるだけなのに、渦巻きが描いてあるのはおかしいってばよ」

　確かに、とサクラがつぶやく。

「『天体絵図』は、明らかに意図をもって、後世の人間に極粒子の在処を伝えるために書かれてるわ。この象形にわざわざ渦巻きを書き加えたのには、当然理由があるはず……」

「理由か……」

　シカマルも、アゴに手をやって考え込む。

　ナルトは、じっと藁半紙を見つめていたが、やがておもむろに口を開いた。

「……再生したんじゃねーのか？　隕石を」

　ちはれが、ゆっくりとナルトの顔を見た。

「やっぱ、落ちて終わりじゃねーんだ。六道仙人は、隕石の半分を空に戻した……ずっと、ぐるぐる、月みてーにこの星の周囲を離れずに巡るよう、術をかけて」

　サクラとシカマルは、相槌《あいづち》も打たず、ナルトの言ったことの可能性について考えた。

　極粒子の半分が、この星の周囲をまわり続けているだなんて――冷静に考えて、突拍子もない。しかし、ナルトはなぜか、自信満々だ。

　確かに、衛星《えいせい》としてこの星の周りをまわっているとすれば、『離れず巡る星』という言いまわしにもしっくりくるし、『星が増えた』という一文にも合点がいく。六道仙人が衛星を打ち上げた日から、夜空には星がひとつ増えたはずだ。

うーん、とサクラが難しい顔でうなった。

「その推論が正しいとして……かなり高い位置を飛んでるはずだし、ほかの星とは全然違う動きをしてるはずよね。そんな天体、観測された試しが」

「あります！」

突然、ちはれの大声が、狭い屋根裏部屋にびりりと響《ひび》いた。「その天体は、あります！」

月よりもずっと速く、この星の周りをぐるぐるとまわる天体。

間違いない。ちはれは何度も何度も、その天体をこの目で観測したのだ。

「決まった周期で、火の国の真上を通過する天体があるんです。軌道は上空二百キロ。次に木ノ葉隠れの里で観測できるのは明日《あした》の午後十時で、そこを逃《のが》すと、次は半年後です」

ひといきに言うと、ちはれは興奮で頬を赤くして、一同の顔をぐるりと見つめた。

「かなり詳細に観測してたので、軌道は正確に特定できますよ」

「観測記録は残ってる？　すぐに見せてもらえるかしら？」

「もちろん。持ってきます」

サクラに言われ、ちはれは大きくうなずいた。観測記録を取りに、せかせかと屋根裏部屋から飛び出していく。

こうなると、ナルトの説が、がぜん真実味を帯びてきた。

極粒子のもう半分は、衛星としてこの星の周囲を離れず巡っている。そんな荒唐無稽《こうとうむけい》な推測が仮に真実だとして――一体どうやって手に入れればいいのだろう。

　一同がそろって考え込む中――

「オレが土遁《どとん》で柱を作って上まで伸ばすよ」

　ずっと黙っていたカカシが、ふいに口を開いた。

「サクラ、サスケ。お前ら二人で柱を駆け上がって、ナルトを上まで運べ。ちはれの絡繰《システム》二輪車《バイク》を使えば行けるだろ。垂直な壁を駆け上がるためのチャクラコントロールはサクラが担当して、サスケはエンジンへのチャクラ供給」

「土遁の柱を、上空二百キロまでって……カカシ先生、いけるの？」

　サクラが、半信半疑でカカシに聞く。

「やるしかないでしょ」

　カカシは軽い調子で言って、腕組みした。「一人じゃさすがに途中でチャクラが切れるだろうけど……ま！　相方のあてはあるよ」

「決まりだな」

　サスケがきっぱりと言いきったせいで、無茶が過ぎると反対しようとしていたシカマルは、出しかけた言葉を飲み込む羽目になった。石橋を渡るにも事前の手回しをぬからないタイプのシカマルにとっては、行き当たりばったりの悪夢のような計画だが、サスケとカカシの二人がやる気になってしまっているのなら、もう実行するしかない。

シカマルは、ハァー、と長いため息をつき、サスケの顔を正面から見つめた。

「衛星までたどり着いたとして、そこからどうやって封印を解くつもりだ？　極粒子は、おそらく湖にあったのと同じ護符《ごふ》で封印されてるぞ」

「オレが壊す」

サスケの返事は、簡潔だ。

「本気か」

シカマルが念押しするが、サスケは「もちろん」と平然としている。こうなると、この男は譲らない。シカマルは苦《にが》い表情で目頭《めがしら》を押さえた。

「オレは別働《べつどう》だな」

「そうね。頼んだわよ」

決まりだ。

明日の夜十時に、衛星は演習場の真上を通過する。そのタイミングに合わせて、カカシが土の柱を伸ばし、その側面をサクラとサスケとナルトがバイクに乗って駆け上がる。

作戦決行の時間まで、あと二十八時間。

そうと決まればと、腰を浮かせかけた一同を、ナルトが引き留めた。

「……みんな。あのさ」

「なんだ、ウスラトンカチ。まさかまだ、助けられるのをためらってんじゃないだろうな」

「いや。もう腹くくった」

ナルトは胡坐をかいた両膝《りょうひざ》に手を添えて、頭を下げた。

「ありがとう。みんなのこと、オレ、すげー頼りにしてる」

カカシとサクラが、右と左から、ぽんとナルトの肩を叩《たた》いた。

「火影《ほかげ》が簡単に、人に頭下げてんじゃねェよ」

シカマルに苦笑いされ、ナルトはつられるように、表情を崩した。

簡単に下げてなんかいない。彼らだからだ。


ちはれの観測資料は完璧《かんぺき》で、内容を確認したサクラもシカマルも太鼓判《たいこばん》を押した。六道仙人が打ち上げた衛星と見てほぼ間違いない。

となればいよいよ、作戦は決行だ。各々《おのおの》、一刻も早く、準備に動かなければ。

さすがにこれだけのメンツが一度に行動しているところを見られると怪しいので、一同は順番に、間隔《かんかく》をあけて店を後にした。ナルトは、明日の夜に備《そな》えて通常業務を前倒しで片づけるため、火影室へ。シカマルは、『別働』の手配へ。カカシは『相棒』のスカウトへ。サクラは、ちはれとともにバイクの運転の実習へ。そしてサスケは――特にやることがないので、さっさと家に帰って体力を温存することにした。

「サスケくん」

裏口のくぐり戸を抜け、路地裏に出たところで、声をかけられた。

ヒナタだ。

偶然通りかかるような場所じゃない。サスケたちが、たみ和菓子店の隠し部屋に集まっていたことを知らなければ、ここでサスケを待ち伏せることはできない。

「……何の用だ」

「ありがとう。ナルトくんのために、いろいろ」

気づいていたのか。

サスケは動揺を隠し、無表情を貫《つらぬ》いてヒナタの顔を見つめた。ナルトは病状のことを、家族に秘密にしていたはず。ずっと勘《かん》づいていながら、ナルトの気持ちを汲《く》んで何も言わずにいたのだとしたら、まったくできた嫁だ。

「お前に礼を言われる筋合いはない。したいことをやってるだけだ」

淡白に言い、ヒナタの横を通り過ぎていくサスケに向かって、ヒナタが何かを投げた。

「これ！」

キャッチしてから、気がついた。木ノ葉マークのついた、額当てだ。

「額を守るものがあった方がいいわ」

サスケはどこか不思議な気持ちで、ヒナタの顔を見つめた。

彼女のことは、昔から苦手だった。いつもおどおどしていて、努力家のくせに自分に自信を持たない。他人の顔色ばかり窺《うかが》っているところなど、いかにも自分の意見がないように感じられて、視界に入るとイライラした。

でも、サスケが里抜けしている間に、ヒナタは変わった。控《ひか》えめな気性《きしよう》の内側に閉じ込めていた芯《しん》の強さを、きちんと外に出すようになった。内に秘めた強さで時にナルトを見守り、時にナルトを支え——そうして気がついたら、いつの間にかナルトと結婚していた。

「オレは厳密には木ノ葉の忍じゃない。これをつけるわけには……」

「ちゃんと返してね」

額当てを返そうとしたサスケを遮《さえぎ》り、ヒナタは、凛《りん》としたまなざしをサスケに向けた。

「私の夫にあなたの命まで背負わせたら、許さないから」

やっぱり、この女は苦手だ。

灰赤《ほのあか》い斜陽に包まれた、演習場。

カカシに呼び出され、大蛇丸の監視任務を放り出して駆けつけた『相方』ことヤマトは、上空二百キロまで柱を伸ばすという無茶苦茶なミッションを聞かされ、芋虫《いもむし》を生のまま食わされたような表情で立《た》ち尽《つ》くしていた。

「しかも、決行日は明日？　相変わらずメチャクチャですね、カカシ先輩」

「いやー、優秀な後輩を持って嬉《うれ》しいよ。さすがにオレ一人じゃ半分まで行ったところでチャクラが切れちゃうからさ」

「またそんなこと言って。もうボクもいい年ですから、おだてられませんよ」

口では苦々《にがにが》しげにしつつも、ヤマトの頰はゆるんでいた。あこがれの先輩に褒《ほ》められるのは、何年経《た》っても嬉しいようだ。

いかにもお世辞としてからかっているようなポーズをとるが、カカシがヤマトを頼りにしているのは、純然たる事実だった。日の目を見ることのない地味で困難な仕事を、淡々とこなせる稀有《けう》な男。彼の能力の高さと、それに驕《おご》らない実直さには、何度も助けられてきた。

「ボクの木遁《もくとん》も、絡繰二輪車《システムバイク》の走行に耐えられる強度で伸ばせるのはせいぜい百キロです。半分の強度に節約して、先輩の土遁と組み合わせたとして、二百キロまで届くかどうかはギリですね」

「ま、問題はチャクラ量だけじゃないけどな……」

ひとまず、やってみないことには、作戦も立てられない。

二人は、演習場の中央に向かい合って立った。

土遁と木遁との連携方法にはさまざまなパターンが考えられるが、ひとまずヤマトが支柱になる木を生やし、その周囲をカカシが土遁でコーティングする形で試してみることにする。繊細《せんさい》なチャクラコントロールと、密なコンビネーションが要求される連携忍術だ。

「あ、オレは好きに伸ばすから。お前が合わせてね」

「えっ…………………わかりました」

「うそうそ。助け合いましょ」

からかわれたのだと気づいて、ヤマトはまんざらでもなさそうに眉をしかめた。

改めてアイコンタクトを交《か》わし、バン！　と二人同時に、地面に手をつく。

土遁と木遁。二人の異《こと》なるチャクラが、同時に土中を駆け巡る。

グォッ！

一瞬早く伸びたのは、幹の太い樹木だった。天に向かってまっすぐに伸びていく大木の周囲を、土遁の土が、めりめりと覆《おお》っていく。

しかし、樹木が伸びるより、その周囲を土が盛り上がっていく方が、わずかに速かったようだ。十メートルほど伸びたところで、土の壁は樹木の長さを追い越してしまい、支柱を失ってぼろりと崩れ落ちた。

「あーあ……」

もう壊れてしまった。

伸びていく柱の先を追っていた目つきをゆるめ、ヤマトは肩を落とした。

まあ、初めはこんなもんだろう。異なる忍術の合わせ技を完成させるには、本来、数年単位での修業が必要だ。それを一晩で完成させようというのだから、いかに二人が優れた忍であれ、ヤマトが言うように「メチャクチャ」だ。

「不安だよな。オレもだよ」

ヤマトの不安を察してか、カカシがあえて軽い調子で言う。続けてカカシが言うであろう言葉を、ヤマトは先読みして口にした。

「でも、やるしかないですよね。……ナルトのためですから」

火影室に戻ったナルトは、たまった書類を片《かた》っ端《ぱし》からチェックして、デスクの上に振り分けた。右から、押印済の書類、問題があって通せなかった書類、シカマルに相談して判断する書類。一番右の山が増えてほしいのだが、残念ながら三つの山の高さはほぼ均等だ。

ふと視線を上げれば、火影室の窓枠に映った自分と目が合った。防護フィルムを貼った硝子《ガラス》は、外よりも部屋の中の方を強く反射してしまうので、景色がよく見えない。

外に出てーなあ。

ナルトは、硝子に反射した書類の山を見やって、深々とため息をついた。里の明かりが見たい。七つ並んだ顔岩のちょうど真ん中、四代目火影の顔岩の上に座って、里を見下ろしたい。でも、今はだめだ。明日の夜の分まで、仕事を片づけておかないと。

……明日。

明日の夜、みんながナルトを、衛星の来る場所まで連れていってくれる。

――あなたみたいに、周りから愛されて育ってきた人には、理解できないかもしれませんけど。

ちはれに言われた言葉が、耳の奥によみがえった。あの時は否定したけど、でも、恵まれているのは本当だ。仲間にも。才能にも。

ナルトは立ち上がり、棚に飾ったフォトフレームを手に取った。裏板を外し、カカシ班の四人で撮った写真の裏側にしまったもう一枚の写真を取り出す。

セピアにくすんだ色彩の中で、ミナトとクシナが並んで歩いていた。

撮ると言われて撮った写真ではないらしく、二人ともカメラに目線を向けていない。クシナは何か楽しそうに話しながら、赤い髪をなびかせてミナトの少し前を歩き、ミナトはクシナの後ろ姿を目を細めて見つめている。

昔、綱手《ツナデ》がくれた写真だ。自来也《じらいや》の遺品の中にあったらしいが、誰が撮ったものかはわからない。

ナルトは突っ立ったまま、今の自分よりも若いであろう両親の顔を、じっと見つめた。

ナルトが里でいじめられたのも、九尾《きゅうび》のチャクラの力を得られたのも、ミナトがナルトの中に九尾の九喇嘛《クラマ》を封印したからだ。ミナトがそうしたから、ナルトは九喇嘛と会えた。

じゃあ、もしも、九喇嘛が初めからオレの中にいなかったら？

「…………」

写真を持つ手に力が入り、母の横顔にしわが寄った。

チャクラを失うかもしれないとわかってから、何度も考えた。チャクラがなくなった自分に、一体何ができるのか。

もしも、父が自分の中に九尾を封印しなかったら。ナルトに九尾のチャクラがなかったら。それでも、今までしてきたみたいに、仲間を助けて敵と戦うことができただろうか。

もし自分の中に九尾がいなかったら、もしかしたらナルトは今、こうして火影になってはいなかったのかもしれない。

——そりゃあ、違うな。

頭の奥で、低い声が答えた。

——オレがいなくても、お前は火影になった。まっすぐ自分の言葉を曲げねェ忍道《にんどう》と、あきらめないド根性で、仲間を引っ張って、敵を救った。そしてみんながお前を認めて、お前は火影に選ばれたよ。オレが言うんだから、間違いねェ。

「起きてたのかよ。最近、寝てばっかりだったじゃねえか」

九喇嘛はフンと鼻を鳴らした。

——お前がくだらねェこと考えやがるから、起きちまった。もう寝るよ。

くだらないのは、自分でもわかっている。九喇嘛がいなければ、両親は今も生きていただろうし、そもそもナルトは里でいじめられていない。忍界大戦《にんかい》だって起きていないかもしれないし、それはもう、全然違う世界だ。そんなものを想像したって意味はない。

……意味はない、けど。

「なー、九喇嘛」

声をかけたが、九喇嘛は本当にまた寝てしまったのか、それとも起きていて無視したのか、返事をくれなかった。

何度も何度も考えた。九尾のチャクラがなくなったら、自分には一体何が残るのか。

答えはとっくの昔に、母親に教えてもらっていた。自分の中には、クシナとミナトが注いでくれた愛情がずっと入っていて、今も、新旧七班の仲間やシカマルや、家族や、里のみんなが、毎日毎日新しい気持ちで器《うつわ》を満たしてくれる。

今までたくさん修業して、いろいろな技や力を得てきた。でも、『いい仲間がいる』ってことが、ナルトにとって一番の強さだ。

彼らの存在を、心から誇りに思う。

大丈夫だ、とナルトは自分に言い聞かせた。

きっと、明日、みんながオレを助けてくれる。

「すごいなあ。本当にずっと燃えてるよ」

「どっちかっていうと、あたしたちの国よりこっちの方が『火の国』って感じね」

翌日。商業ビルの展望室から丘を見下ろし、いのとチョウジはめいめいに感想を口にした。色ざめた草木に覆われた丘の斜面のあちこちで、土の奥から舌を伸ばすようにして、橙《だいだいいろ》色の炎があがっている。

北側に見える素朴な原野が嘘《うそ》のように、南側には近代的な街並《まちな》みが広がっている。空を支えるようにそびえたつビル群と、タイルで隙間《すきま》なく整備された遊歩道。

「二人とも来てくれ。作戦を確認する」

シカマルに声をかけられ、いのとチョウジは硝子窓から離れた。

アスマ班の三人がわざわざ雷車《らいしゃ》を乗り継いで階《きざはし》の国までやってきたのは、残念ながら観光のためではない。昨晩いきなりシカマルに招集されて、詳《くわ》しい事情は階の国へと向かう夜行列車の中で告《つ》げられた。

ナルトが深刻な病にかかっていることにも驚いたが、それ以上に、自分たちに下《くだ》された任務の内容に驚愕《きょうがく》した。賢学院《けんがくいん》の本部に忍《しの》び込《こ》むなんて、正気の沙汰《さた》じゃない。

賢学院は、五大国《ごたいこく》のどこにも属さず中立の立場で運営される国際機関だ。「いかなる国の利益にもおもねず、世界秩序の実現を目指して活動する」という建前がある以上、提唱国である火の国の忍が違法に侵入したと知れたら、国際問題になる。

——だから、バレねえようにやるんだよ。オレたちが。

シカマルは軽い調子でそう言ったが、ことがバレたときに一番糾弾《きゅうだん》されるのはほかならぬシカマルだ。六代目の時代から参謀《さんぼう》を担《にな》う彼が背負っているものは、誰より重い。

シカマルは、併設されたカフェの椅子《いす》を引いた。こじゃれた猫足の丸テーブルを囲《かこ》むようにして、いのとチョウジ、そしてもう一人の任務のメンバーも腰を下ろす。

「ねえ、このオーガニックコーヒーってどこの豆を使ってるの？　え、音隠《おとがく》れ？　やあねえ、あそこのコーヒーはクソよ。じゃあ、こっちの玉露《ぎょくろ》のホットティーでいいわ」

ぱたんとメニューを閉じて店員に突っ返し——大蛇丸《オロチまる》は、テーブルの上に頬杖《ほおづえ》をついた。

「で？　私までわざわざ呼びつけたからには、さぞたいそうな作戦なんでしょうね？」

そう、今回の任務は猪鹿蝶《いのしかちょう》に蛇《へび》を加えたフォーマンセルなのだ。

いのは緊張して、ノースリーブの肩をさすった。気心知れたチームメイトに混じって、かつて木《こ》ノ葉《は》崩《くず》しを目論《もくろ》んだ大罪人《たいざいにん》の顔があるのは、甚《はなは》だ不思議な光景だ。というか端的に言って——やりづらい！

いのの抗議の視線を素知らぬ顔で受け流し、シカマルは、テーブルの上に紙を広げた。

一枚は、移動ルートがマーカーで示された市内地図。そしてもう一枚は、賢学院本部の見取り図だ。

「今回のオレたちの任務は、賢学院が解読したはずの、『離れず巡る星』の解除印《かいじょいん》を盗むことだ。『離れず巡る星』ってのが、六道仙人の打ち上げた衛星のことだってのは、雷車の中で話したよな。その中に隠された極粒子は、二つの封印に守られている。一つは、この星の周囲をまわり続ける衛星を落とすための印。そしてもう一つは、『器』自体に施《ほどこ》された封印を解くための印」

「その印って、サスケとサクラが天文学研究所から持ち帰ってきたんじゃないの？」

チョウジが不思議そうに首を傾《かし》げた。

「ああ。だが残念ながら資料が古すぎて、後者の印について記述された箇所は墨が擦《こす》れて読めなくなってた。だから、解読を依頼したんだ。……賢学院の事務局長にな」

「それが、昨日逮捕されたフリエね」

いのが言い、シカマルは小さくうなずいた。

「『天体絵図』をフリエに渡したのはオレのミスだ。あいつが怪しいのはわかってたが……あれだけ破損した文献の修復を頼める人間は、あの時点でフリエのほかにいなかった」

「あら、私もできたのに」

心外そうに顔をしかめた大蛇丸を、シカマルは複雑な表情で見やった。お前は人間かどうか微妙だろ、という反論を飲み込んで、「ともかく」と話を続ける。

「フリエは古文書の破損個所を修復して、解読したはずだ。じゃなきゃ、器の封印を解いて中の極粒子を取り出すことはできねェからな。『地に降りし空』だけじゃなく『離れず巡る星』の印の解読も進めていたはずだが、フリエはまだ意識が戻らないし、本人の証言がないうちには、賢学院もトップの不祥事を認めねェだろ。交渉してる暇もねえ」

「だから直接乗り込んで、本人のパソコンをハッキングするってわけね」

いのの言葉に、シカマルは小さくうなずいた。

「ウン百年前の古文書だ。まさか今どき、ルーペで解読したわけはねェだろう。解読作業はコンピューター上で行われたはず。大蛇丸、お前を呼んだのはそのためだ」

「わかってるけど、報酬《ほうしゅう》のこと、忘れないでね」

大蛇丸の念押しする報酬とは、ちはれの開発した絡繰二輪車《システムバイク》の設計図のことだ。作ってみたいうえに、乗ってみたいらしい。シカマルは嫌《いや》そうに「ああ」とうなずくと、チョウジといのに視線を移した。

「賢学院のファイアウォールは、アクセス権限を持つ端末を直接操作しないと解除できねェ。さらにフリエのパソコンにはやつが独自のセキュリティを敷《し》いてる。だから、ここからは二手に分かれて別行動だ」

シカマルは、一枚の写真を地図の上に置いた。高そうなスーツを着た青年が写っている。

「こいつは、賢学院の技術局長、帳面《ちょうめん》ノオト。ファイアウォールの権限を持つのはこいつだ。オレとチョウジでこいつに接近して、なんとかして解除する」

「……てことは」

いのは、チームの組み合わせを察して、ぎこちなく大蛇丸に視線をやった。

「いの、お前は大蛇丸とペアを組んで、賢学院に侵入してくれ。オレたちがファイアウォールを解除したら、フリエのPCをハッキングして、解読済みの印のデータを手に入れる」

ひくりと表情をこわばらせたいのの反応を見て大蛇丸は「よろしくね♥」と楽しげに目を細めた。

「リミットは、今日の十時だ。その時間には、ナルトたちは衛星のところに到達するはずだからな」

「ねえ、もし間に合わなかったらどうなるの？　もしも、ナルトたちが衛星に到達した時点で、器があいてなかったら」

「サスケが壊すさ」

チョウジの疑問に、シカマルはあっさりと答えた。「器は強い護符で守られてるが、あいつなら壊せないことはないだろう」

「じゃあ、私たちがわざわざ忍び込まなくてもいいんじゃ……」

いのに言われ、シカマルは説明に困って、ちらりと大蛇丸の方を見た。

「当然の疑問ね」

大蛇丸は、小さく首をすくめると、淡々と続けた。「器の中に入っているのは、チャクラを増幅する物質なのよ。サスケくんほど膨大《ぼうだい》なチャクラを持つ忍が浴びたら、チャクラ管が爆発して即死するわ」

「え……そのこと、サスケくんは……」

「知ってる」

億劫《おっくう》そうに言って、シカマルはがりがりと頭をかいた。「それでも、ナルトのためなら平気で器を壊すよ。そういう男だろ」

「でも、サスケくんにもしものことがあったら、サクラやサラダは……」

「あいつは、ナルトさえいりゃあみんな大丈夫だって、本気で思ってんだ。あいつにとって家族が大切な存在なのと同じように、家族にとっても自分が大事な存在なんだってこと、全くわかってねェ」

「バカだねえ」

チョウジがおっとりと言い、シカマルはしみじみとうなずいた。

「ま、めんどくせーが……オレたちのこの任務には、ナルトのためってだけじゃなく、サスケの命までかかってるってこった」

「しくじれないわね」

三人は力強く視線を合わせた。

猪鹿蝶チームの三人全員がそろうのは久しぶりだ。しかも、任務の目的がナルトとサスケ絡《がら》みとくれば、気合だって入る。

「……ちょっと、気合入ってるところ悪いけど」

玉露の入ったカップとソーサーを胸の前に持ち、大蛇丸が口を挟んだ。「衛星の中にある器の封印を解くためには、烈陀国《レダク》まで行って印を結ばなきゃいけないいんじゃないの？ 記述には『烈陀《レダク》の地にて天体絵図で遊ばれたし』とあったはずよ。『天体絵図で遊ぶ』というセンテンスが、天体絵図に隠された印を結ぶことの比喩《ひゆ》だとしたら……」

「ああ、印を結ぶのは烈陀国《レダク》でやらねーと意味ないだろうな。今、向かってるやつがいるよ」

大蛇丸は、感情をあまり表に出さないこの男にしては珍しく、不可解そうな顔をした。

この作戦が決まったのは昨晩のことだ。その時点ですぐに向かったとしても、烈陀国《レダク》までたどり着けるわけが――

「いるのよ、ばっちりの人材が」

いのが、誇らしげに目を細めて言った。

「誰より速く飛べて、あたしの心伝身《しんでんしん》の術を、絶対に受け取ってくれる人がね」

墨の筆跡が描《えが》いた鳥が、両翼を広げて飛んでいく。

サイの操《あやつ》る超獣偽画《ちようじゆうぎが》の中で最速の鳥、宿鳴雁《やどなきかり》だ。山河を軽々と越えていく様《さま》はあまりに優美で、地上を歩く旅人たちの嫉妬《しっと》をかったと言い伝えが残る伝説の水鳥。長くたなびく尾羽《おばね》は特に際立って美しく、その天女の如《ごと》きしなやかな飛び姿は、多くの画家を魅了してきたという。

そんな幻《まぼろし》の美鳥を――サイは今、馬車馬のごとく、こき使っていた。

「キィィ……」

宿鳴雁が短く鳴いて、長い首をうらめしそうにサイの方へと向ける。休息を要求しているのだろうが、サイは無情に首を振り、墨の羽毛を気休めに撫でてやった。

速さに特化した宿鳴雁は、本来手紙や荷物を運ぶための鳥で、人を乗せることを想定していない。術者のサイを乗せて飛ぶのだけで精一杯で、それさえすでに大きな負担になっているはずだ。

無茶をさせている、と思う。だが、忍の足で二十日、鷹の速さで二日の距離を、ほんの二十時間で移動せよとのミッションなのだ。無茶でもしなきゃ間に合わない。

まったく、人使いが荒い……。

サイは、額ににじんだ汗をぬぐった。宿鳴雁が無茶をしているということは、すなわち、術者であるサイが無茶をしているということでもある。

暗部《あんぶ》の詰所にシカマルがやってきたのは、昨晩のことだった。

事情は後で説明するからと、いきなり地図を渡された。明日の夜十時までにこの場所へ行け、と。地図といっても、藁半紙の上に方角と距離がメモされているだけだ。

……この距離を、明日の十時まで？

急な任務にもほどがある。詳しい事情は、旅の装備を整《ととの》えながら聞いた。ナルトが深刻な病にかかっていると知って驚いたし、それを隠されていたことにも腹が立ったが、文句を口にする間もなくシカマルに尻《しり》を蹴《け》られるようにして送り出され、そこから不眠不休でコンパスだけを頼りに飛び続けている。

宿鳴雁の飛行能力をもってしても、時間内にたどり着けるかは賭《か》けだ。しかも、到着した先で妻から心伝身の術を使った伝言を受け取り、印を結ばなくてはならないという。仕事帰りに買い物を頼まれるときなど、心伝身の術で連絡を受けることはあるが、さすがにこんなに長い距離を挟むのは初めてだ。

ハァ、と、サイは浅いため息をついた。

急激に高度を上げているせいで、さっきから呼吸がつらい。

慣れた文化圏の国はとっくに抜け、今や眼下に広がるのは荒涼とした山脈ばかりだ。

「本っ当にあるんだろうね……こんなところに、人の住む国が……」


落ち着かない。

ナルトは火影室で、もう何度目かの稟議書《りんぎしよ》を読み直していた。「クナイ投擲《とうてき》の新カリキュラム採用に伴《ともな》い備品代は去年からプラス五十万両」「古典の授業は希望選択制にして教材費は別途徴収に」シノが精魂こめて作ったらしいアカデミーの次年度予算案は、目に入れたそばから取っ散らかっていく。

ああ、だめだ。全然、頭の中に入ってこねー。

時計の針は五時半を指している。八時には、サクラが家に迎えに来る約束だ。

「……帰るか!」

ナルトは、勢いよく弾《はず》みをつけて立ち上がった。今日のノルマはまだ終わってないけど、すべてが片づいたら、明日、いくらでも残業して取り返そう。

家に帰ると、誰もいなかった。そういえば、と今さら思い出す。朝、ヒナタが、今日はヒマワリを連れて実家に顔を出すって言ってたっけ。

誰もいない家の中を、ナルトはうろうろと歩きまわった。

帰ってきたら帰ってきたで、やっぱり落ち着かない。平日のこの時間に家にいること自体、ずいぶん久しぶりなのだ。何をしたらいいのか、完全に時間を持て余してしまう。仕方なくソファに腰を下ろし、見るともなしにテレビを見ていると、ボルトが帰ってきた。

「とーちゃん……今日、早《はえ》ェのな」

リビングに顔を出したボルトは、目を丸くした。

「あぁ、まあな。でも悪《わり》ぃけど、今日は修業は……」

「いいよ、別に。そんなん」

つっけんどんに言うと、ボルトは階段を駆け上がって、自分の部屋へと戻っていった。

なんだか様子《ようす》が変だ。修業をつけてやれないことを、本当は怒っているのだろうか。それとも、任務で何かあったのか？

息子《むすこ》の気持ちを推《お》し量《はか》るのは難しい。ぐるぐると考えていると、

「あのさあ！」

部屋に戻ったはずのボルトが、なぜかまた顔を出した。

「別に、毎日早く帰ってこなくても、問題ねーからな？」

「は？　問題？　何の話だ？」

ナルトが首をひねると、ボルトはもどかしそうに、「だーかーらー！」と足を踏み鳴らした。

「オレ、前にとーちゃんに、もっと家にいろとかいろいろ言ったけど……もう、そういう

の、いいんだからなってこと！　母ちゃんとヒマワリは、オレが守るからよ。オレも頑張っから、父ちゃんは里のために頑張っていいんだぞ」

ああ、とナルトはようやく気がついた。

ボルトは、ナルトの帰りが最近早いのは、自分のせいではないかと心配しているのだ。面と向かってこんなことを言うのは恥ずかしいらしく、小さい鼻の頭がほんのりと赤く染まっている。

「お前、優しいな」

つい思ったことをそのまま口にしてしまい、ボルトはいよいよ真っ赤になった。

「別に優しくねーし！」

喚《わめ》くように言って、ナルトの向《む》こう脛《ずね》をげしっと蹴り飛ばし、どたどたと自分の部屋へと逃げていく。

やかましい足音を聞きながら、ナルトはぷっと小さく噴《ふ》き出《だ》した。

「あいつ……ほんと、素直じゃねーな」


午後八時。

約束の時間きっかりに、サクラは絡繰二輪車《システムバイク》でうずまき家の玄関先に乗りつけた。初めて聞くエンジン音に驚いて何事かと家の外に飛び出してきたボルトは、サクラがまたがったバイクを見るなり目を見開いた。

「すげ——っ！　サラダの母ちゃん、すげーメカに乗ってんだな！　カッケー!!」

「これはね、バイクっていって、個人で使える移動手段なのよ。雷車に乗るときみたいに出発時刻を調べて駅まで行かなくても、好きなときに乗れるの」

「へー。ビーム出る？」

「うーん……将来的にはそういうモデルも登場するかもね」

サクラが適当に答えると、ボルトの目は、いよいよキラッキラに輝いた。

「オレ、ぜってー乗りたい！　ミツキとかシカダイとか後ろに乗せて里中走りまわるんだ！」

「里ん中走るのはあぶねーな」

玄関から出てきたナルトが、ボルトに突っ込みを入れる。ちはれを後ろに乗せて、里の中どころか線路の上まで走ったことは秘密だ。

「ほかのみんなは？」

「サスケくんは先に演習場に向かったわ。カカシ先生とヤマト隊長は、ちょっと遅れるかもね。あの二人、夜通し練習してたみたいだから。チャクラも体力も消耗したからって、二人ともグーグー寝てついさっき起きたとこ」

「そっか」

うなずいたナルトの表情が少しこわばっているのに気づいて、サクラは苦笑いした。

「なによ、緊張してるの？」

「んなことねーってばよ！」

大げさに否定すると、ナルトは首まで下ろしていたゴーグルをきゅっと額の上に引き上げ、サクラの後ろにまたがった。

バイクにはちはれが少しずつ改良を加えていて、試作品になかったスピードメーターやブレーキレバーが追加されている。一番大きな変化は、エンジンに追加された変換装置だ。カートリッジに入ったチャクラを、階《きざはし》ガスに変化させて燃料タンクに供給することで、燃費は飛躍的に向上した。一度カートリッジを満タンにすれば、二千キロほど走れるらしい。

「ブレーキもついたんだな」

「うん。でも、急には止まれないの。スピード落としながらゆっくり停止する感じ」

サクラはペダルを踏み込んで、レバーを引いた。

ブォン！

エンジンが威勢よく唸《うな》り、バイクは安定した動きでスッと前に進んだ。ちはれがバイクを改良してくれたおかげで、前回よりもずいぶん乗り心地がいい。

「父ちゃん、いいなぁ～……」

サクラと二ケツして遠ざかっていく父親の背中を、ボルトはうっとりと見送った。


バイクは、あっという間に演習場に到着した。

サスケだけでなく、カカシとヤマトも到着していたが、起き抜けらしくどことなく眠そうだ。背負い合ったり、腕を引っ張り合ったりして、ストレッチをしている。

「酸素供給機をつけなきゃ。ナルト、サスケくん、お腹出して」

言われるがまま、二人はぺろんと上着をめくった。サクラが、サスケのへその横にあるチャクラ管に点滴針を刺す。続けて、脇腹の血管にも。

二か所に刺した点滴針は、ベルトに引っかけた多能性付与装置を通して繋《つな》がっている。チャクラ管から採取したチャクラを酸素に変換して、血液内に直接供給する仕組みだ。ナルトは自力でチャクラを供給できないので、サスケのチャクラ管を直接繋いでいる。

ちはれが徹夜で作った、超コンパクトサイズの酸素供給機だ。

「途中、何があっても、ナルトとサスケくんは離れないでね。管《くだ》が抜けると、ナルトに酸素を供給できなくなっちゃうから」

説明をしながら、サクラは針の根元に速乾セメントを塗って、点滴針を固定した。これで、上空二百キロでも呼吸ができるはずだ。理論上は。

サスケが装着した酸素供給機とナルトの血管とを繋ぐ管の長さは、約八十センチ。このひょろっとした管に自分の命がかかっているのだと思うと、なんだか心もとない。

ぜってえ、サスケから離れないようにしねえとなぁ……。

不安を覚えつつ、ナルトは脇腹にちょこんと刺さった点滴針を見つめた。

「最後に全員で、もう一度打ち合わせしておこう」

準備運動を終えたヤマトが改めて四人に声をかけた。

「作戦を確認するよ。今から、ボクと先輩で、木と土の柱を伸ばす。その壁を、君たちがバイクで駆け上がる。ぴったり時速二百キロで走れば、一時間後の到達地点は上空二百キロのはずだ。上空でうまいこと衛星とかちあうためには、遅すぎても早すぎてもアウト」

「強度優先で仕上げたから、柱の表面はなめらかとは言えないけど、頑張って運転してね」

カカシに言われ、サクラは「はい」と素直にうなずいた。

「で、衛星が近づいてきたら、ナルトに白眼《びやくがん》でサポートしてもらって接近する、と。中の極粒子は封印がかかってるだろうけど、猪鹿蝶チームとサイになんとかしてもらってるから、お前たちが衛星までにたどり着くころには、封印は開いてるはずだ。あと細かいところは、出たとこ勝負」

軽い調子で言うカカシに、「毎度のことだな」とサスケがうなずいた。どれだけシミュレーションを重《かさ》ねても、どうせ不測の事態は起きる。即時対応は、ここにいる全員、慣れっこだ。

いよいよ、作戦決行。

三人は、そろってバイクにまたがった。

先頭でグリップを握るのは、チャクラコントロールを担当するサクラ。二番目には、ゴーグルの機能で衛星への接近をアシストするナルトが乗り、サスケは一番後ろでエンジンにチャクラを供給する。

絡繰二輪車《システムバイク》が想定しているのは二人乗りまでなので、三人も乗るとかなりぎゅうぎゅうだ。うちは夫妻に挟まれ、ナルトは身体を縮こまらせた。

作戦決行の時間は、九時きっかりだ。

先頭のサクラが、懐中時計を確認しながら、カウントダウンする。

「八時五十九分。一分前」

「3……2……1……」

ゼロを言う代わりに、サクラは懐中時計を放り投げた。

ヤマトとカカシは視線を交わし、パンと手のひらを地面に打ち合わせる。

「土遁――」

「木遁――」

「「螺旋楼《らせんろう》の術!」」

ズォッ！

土くれと樹木の柱が、交互に絡み合いながら上空へと伸びていく。その美しい螺旋に圧倒される間もなく、サクラは勢いよく絡繰二輪車《システムバイク》のペダルを踏み込んだ。

ブオン！

急発進した車体が大きく跳躍《ちょうやく》し、三人を乗せたまま、螺旋楼の側面を垂直に駆け上がっていった。

五章

chapter 5

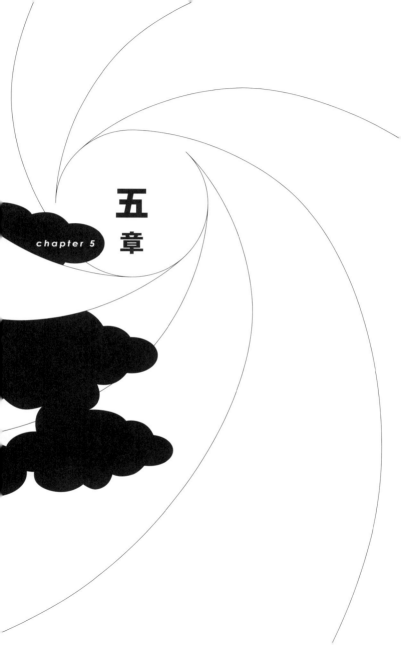

午後八時。偽造IDをエントランスで提示して、シカマルとチョウジは薄暗い階段を堂々と上っていった。

繁華街のど真ん中にある、とあるナイトクラブ。平日だというのにずいぶん盛況で、コインロッカーはほとんど満杯だ。吹き抜けになったダンスフロアでは、男女がしっちゃかめっちゃかに入り乱れて、爆音のハウスミュージックに身をゆだねている。

バーカウンターでドリンクを受け取り、シカマルとチョウジは壁際《かべぎわ》に移動して、ターゲットの姿を探した。事前情報によれば、帳面《ちょうめん》ノオトは、科学者には珍しい夜遊び好きのパーティーアニマルタイプ。最近のお気に入りで毎晩入《い》り浸《びた》っているというこのクラブの場所をつきとめるのに思いのほか時間がかかってしまったが、幸《さいわ》いノオトはすぐに見つかった。

「いた」

チョウジが、ビールのグラスで口元を隠しながら、シカマルに告《つ》げる。

「ソファ席。男三人、女三人の六人グループ」

シカマルはさりげなく、吹き抜けを見下ろす位置に設置されたソファ席へと目をやった。

ノオトは、同じテーブルの男女と、ショットグラスの蒸留酒《じょうりゅうしゅ》で乾杯している。

「連れの男二人は、忍《しのび》だね。眼鏡《めがね》とロン毛。ボディガード代わりかな」

「兼、女に声かけるための飾りだろうな。階《きざはし》の国じゃ、忍ってだけでモテるから」

二人はしばらくノオトの様子《ようす》を窺《うかが》った。女性三人が席を離れ、ダンスフロアへと降りていったあとも、男性陣の飲むペースは止まらない。

「あんだけぱかぱか飲んでりゃあ、そのうちトイレに行くだろ」

「だね、そこを狙《ねら》おう」

しかし、予想に反して、ノオトはなかなか腰を上げない。ほかの連中は順番にトイレに行くのに、ノオトはソファに沈み込んだまま、蒸留酒をオレンジの皮ごとがぶがぶ片づけている。

あと三分待って動かなかったら、別の方法で接近しようかとシカマルが考え始めたころ、ノオトはようやく立ち上がり、トイレへと向かっていった。

やっとか。

シカマルとチョウジは目くばせを交《か》わし、トイレの前に移動してノオトが出てくるのを待った。

数十秒後。

「よぉ、久しぶり！」

出てきたノオトに、シカマルは気やすい調子で声をかけて、後ろから肩を組んだ。

「はあ？」

不審そうに眉《まゆ》をひそめたノオトの首に腕をまわし、そのまま絞《し》め上《あ》げる。ノオトはヒュッと息をのみ、七秒ほどでぐったりと意識を失った。

「あーあ、なんだよお前、飲みすぎだって」

シカマルはノオトの身体《からだ》を抱《かか》え、飲みすぎた友人を介抱《かいほう》するふうを装《よそお》って男子トイレへと引きずっていった。

広々としたトイレには、幸い誰もいない。タイル張りの床《ゆか》と壁をパープルのカラーライトが照らす、いかにもな内装だ。奥の個室に押し込んで身体を調べると、ポケットから名刺ケースほどの大きさの携帯端末が出てきた。

「これか」

画面に触れると〈パスコードを入力してください〉という文字列とともに、数字を打ち込むブランクが四つ表示された。静電式のタッチスクリーンが採用されているらしい。

ポケットから小袋を取り出し、中に入っていた吸着パウダーを画面の上に振りかける。こうすることで、タッチスクリーンに付着した油分にパウダーが貼りつき、ノオトの指紋跡がくっきりと浮かび上がるのだ。指紋が集中しているのが、頻繁《ひんぱん》に押している場所。

パウダーの集中している数字アイコンは――8、1、0。

「チッ」

シカマルは思わず舌打ちした。パスコードは四ケタなのに、数字が三つ。ということはおそらく、同じ数字が二度使われている。すべて違う数字なら、考えられる組み合わせは二十四パターンだが、数字がダブっている場合は三十六パターンに増えてしまう。

とにかく、片っ端《かたっぱし》から試していくしかない。シカマルは焦って数字をタップした。

８８１０、８８０１、８１０８、８０１８、８０８１、８１８０——

十パターンほど試したところで、入口の方で声がした。

「ノオトさん？　大丈夫ですか？」

戻らないノオトを心配して、連れの男——眼鏡とロン毛の二人が、トイレの中へと入ってきたのだ。

シカマルとチョウジは反射的に息を止めたが、物音を立てずにいたところで、個室のドアが一つだけ閉まっていて、しかも下から六本の足がのぞいているのだから、怪《あや》しまれないわけがない。

シカマルは、あえて二人を誘うことに決め、わざと音を立ててスライド錠を開けた。ドアを内側から軽くノックして待ち受ける。

男たちが個室の前へとやってくる。

「ノオトさん？　いるんですか？」

チョウジは拳《こぶし》を振りかぶり、ドアを開けた眼鏡の腹に渾身《こんしん》の右ストレートを食らわせた。


シカマルとチョウジが、男子トイレの狭い個室でノオトの身体検査を実施していたころ。

いのと大蛇丸《オロチまる》は研究員になりすまし、堂々と賢学院《けんがくいん》本部内に侵入していた。

いのは一応、中年の研究者風に顔を変えているが、大蛇丸は完全にすっぴんだ。もっとも、どれが大蛇丸の素顔なのか、いのは知らないし知りたくもないのだが。

あの大蛇丸と並んで歩いてるなんて、まじで信じらんないな〜……。

隣を歩く蛇男《へびおとこ》に目をやって、こっそりと肩をすくめる。大量殺人、テロ行為、禁術の開発に人体実験に窃盗《せっとう》、それから誘拐《ゆうかい》と、大蛇丸の前科は重犯罪のオンパレードだ。そんな男とまさかバディを組むことになるなんて、途中で気まぐれに殺されやしないかと気が気じゃない。

「何階だったかしら」

大蛇丸がふいにつぶやき、いのはびくりと跳《と》びはねた。

「あ、そ、そうね、何階がいいかしらね……」

「は？」

怪訝《けげん》そうに黄色い瞳《ひとみ》を向けられる。

やばい、変なこと言っちゃった。慌《あわ》てていると、ちょうどエレベーターが来た。

「事務局長室は、ええと、十三階ね！」

表示を確認してエレベーターの階数ボタンを押すが、十三階を押したつもりが、八階を押していた。大蛇丸の視線がますます怪訝そうになる。

うー、といのは肩をすくめた。いつものメンツが恋しい。


サクラとナルト、そしてサスケを乗せたバイクは、猛然とエンジン音をあげ、土と木の壁を駆け上がっていた。

走り始めて、そろそろ五分。いくつかの薄雲を通り抜け、地上の様子はとっくに見えなくなっている。予定通りなら、上空二十キロメートル弱の地点にいるはずだ。風の流れが激しく、目を開けているのもつらいほどだが、バイク自体はチャクラコントロールでぴったりと柱に貼りついていて、びくともしない。

「星が明るくてよかったわ」

グリップを握るサクラが、ひとりごとのようにつぶやいた。バイクには照明の類《たぐい》がついていないが、星の光が明るいおかげで、柱の進路がはっきり見える――と、思った矢先、いきなり周《まわ》りが暗くなった。

「ん？」

突然、顔中に水滴が吹きつける。

「ぶわッ、つめてえっ!?」

「雲の中に入ったようだな」

小さな水の粒が四方八方から散弾銃のように全身を叩《たた》き、三人はあっという間にずぶ濡《ぬ》れになった。ひとつひとつは霧のように小さな粒だが、こちらの移動速度が速いのもあって、かなり痛い。

悪いことに、雲の中心部に行くにつれて水滴は氷の粒へと変わった。

こうなってくると、いよいよ痛い。

「積乱雲かしら……演習場の真上に雲はかかってなかったから、きっとどこかから流れてきたんだわ」

「それヤバいってばよ！　下で雨が降ったら、先生と隊長が……」

カッと、雲の中が一瞬、すさまじい明かりに照らされた。

光はすぐに消え、サスケやサクラの髪の周りで、静電気がパチパチと音を立て始める。

どうやらこの積乱雲は、雷雲《かみなりぐも》へと成長しつつあるらしい。

すでにびしょ濡れのサクラのこめかみを、冷や汗が伝った。

「先生たちの心配をしてる場合じゃないかも……」

バリバリバリ！

鼓膜《こまく》をつんざく轟音《ごうおん》とともに、あたりを真っ白い光が包み、雷がバイクを直撃した。ナルトとサスケはとっさにバイクから飛んだが、それぞれ違う方向に動いたために、行き違って酸素管が抜けそうになってしまう。

「あぶねェ！」

ナルトはサスケの肩を摑《つか》み、自分の方に引き寄せながらクナイを投げた。螺旋楼《らせんろう》に刺したクナイを足場に、無理やり二人で立つ。

「サクラちゃんは!?」

サクラは、雷撃《らいげき》を受けて吹っ飛んだバイクと一緒に下へ落ちたようだ。蒼白《そうはく》になるナルトに、

「大丈夫だ。すぐ上がってくる」

平然と言って、サスケが視線を真下に向けた。その直後。

ブォン！

エンジン音とともに、サクラを乗せたバイクが、柱を駆け上がってきた。すれ違いざまにサスケとナルトを拾い、再《ふたた》び上を目指して突き進んでいく。

「サクラちゃん！　良かった……下まで落ちたんじゃねーかってビビったってばよ」

「あれくらい平気よ」

答えたサクラの耳の横で、パチィッ！　と音を立てて髪が焦《こ》げた。静電気が弾《はじ》けたのだ。

「また直撃が来そうね。私たちは良くても……このバイクがどこまで耐えられるかしら」

雲の中はあちこち光って、バリバリと放電を続けている。再び電撃を食らうのも時間の問題だ。

「オレが切る」

サスケが、ホイールに足をかけて立ち上がった。

「え!?　そんなことできるの？」

「千鳥《ちどり》の別名を忘れたか？」

驚いて振り返ったサクラにそう返し、サスケは手の中でチャクラを練《ね》った。土の塊《かたまり》を作り出し、見る間に輪郭《りんかく》を鋭くしてクナイの形状に整《ととの》える。キン、と澄んだ音がして、土は硝子《ガラス》体へと変化した。土中に含まれる元素の構成比率を変化させる土遁《どとん》の応用技を使って、即席のクナイを作ったのだ。

硝子のクナイを握ったサスケの右手が、チッチッと鳴いて放電を始める。

誘われたように、雲の内側一帯が白い光に包まれ——雷が、再びバイクを直撃した。

バリバリバリ!!

音と光がすごすぎて、何が起きたのかわからない。長く尾を引いた轟音の余韻《よいん》がようやく鼓膜から消え、ふと振り返れば、サスケは何事もなかったかのようにホイールに足をかけている。

「……切ったの?」

光にくらんだ目をしぱしぱと瞬《まばた》きしながら、サクラが唖然《あぜん》として聞く。

轟音を浴びて耳がイカれたのか、サスケが何も答えないので、代わりにナルトが答えた。

「切った」

白眼《びやくがん》のおかげで、全部見えた。

サスケは放電よりも数瞬早くクナイを放《はな》ち、その剣尖《けんせん》は雷を両断した。すさまじい熱にさらされたクナイは瞬時に溶けて蒸発したが、絶縁体の特性を持つ硝子は、確かに一瞬、雷を叩き切った。雷は上下に千切《ちぎ》れ、それぞれサスケの千鳥が放つ電流に誘導されて合流し——片方は上空へ、片方は地上へと、強引に連れられて消え去っていった。

焦げ臭《くさ》い。ちらりと振り返ると、サスケの髪やマントの端々が焦げている。

すっげーことすんな……。

ナルトは、心の中で、他人《ひと》ごとのようにつぶやいた。

サスケの千鳥は、確かに雷を切ったのだ。


地上に足のつかない場所で頑張っているのは、ナルトたち三人だけではない。

第七班の一員であるサイも、ひたすらに空を駆けていた。垂直に空を移動するナルトたちと違って、彼の移動は水平方向だが。

山脈に差しかかってから標高がどんどん高さを増し、上空を飛ぶサイの高度は五千メートル近くまで上がっている。

「まだ着かないのか……」

サイはぐったりとして、宿鳴雁《やどなきかり》にもたれかかっていた。

頭痛に、呼吸困難。極度の倦怠感《けんたいかん》。いずれも高山病の症状だ。ナルトたちのように酸素管をつけていないサイの状況は、控《ひか》えめに言って地獄だった。

いかに忍として強靭《きょうじん》な肉体を持っていても、酸素がなければ生きられない。サクラやカカシや、サスケでさえ、標高が急激に上がらないルートを選んで身体を馴《な》らしながら烈陀《レダク》国へ向かったのに対し、サイは同じ高度まで数時間で一気に上昇している。

「っはー……はぁっ、ケホッ……はあ……」

息が苦しい。痛みが頭を内側から揺らして、思考をにじませる。

烈陀《レダク》国……遠すぎだろ……。

げんなりと山脈を見渡すこと、二時間。剝《む》き出《だ》しの岩肌《いわはだ》に囲《かこ》まれた小さな平地に、ようやく人の手で造られた街並《まちな》みが現れたころには、もう冷や汗も出なくなっていた。

「あった……」

宿鳴雁が、町を目指して下降を始める。

ナイトクラブの男子トイレは、もうめちゃめちゃだった。

まんまと個室のドアを開けた眼鏡の男は、腹にパンチを食らいながらも根性でその場に踏ん張って、横をすり抜けようとしたチョウジの腹に果敢《かかん》に膝蹴《ひざげ》りを入れた。後ろにいたシカマルは、吹っ飛んできたチョウジとトイレの配管との間に挟まれて耳と頬《ほお》を切ったが、さらに気の毒なのはその後ろにいたノオトで、気絶したまま便器の中に頭を突っ込んでしまった。

そこからはもう、乱戦だ。

「おい、こいつら強《つえ》ぇぞ!　どうなってんだ!?」

眼鏡が叫ぶが、ロン毛はシカマルと取っ組み合っていて答えている余裕がない。両者とも床の上を転げまわって、マウントの取り合いをしている。

眼鏡は舌打ちをして、ヤケクソ気味にチョウジの襟首《えりくび》を摑んだ。ぐいっと手前に引っ張るが、チョウジの体幹が強すぎてびくともしない。それどころか、逆にネクタイを摑み返され、壁に叩きつけられてしまう。壁ごと倒れた眼鏡に、チョウジがとどめとばかりに突進するが、眼鏡は素早く身を翻《ひるがえ》しトイレの配管を力任《ちからまか》せに引っこ抜いた。

水流が迸《ほとばし》り、チョウジが一瞬足を止める。

直後、肉厚の背中にチクリと小さな痛みが走った。

「え？」

手をやると、小さな注射針が刺さっている。認識した瞬間、全身がじんとしびれ、その場に膝をついた。振り返ると、ロン毛の男が、シカマルに馬乗りになられながらも構《かま》えた銃の先をチョウジへと向けている。

「てめェ、何しやがった！」

シカマルはロン毛の後頭部を掴み、水浸《みずびた》しの床の上に押しつけた。

注射針——毒か。

「チョウジ！　平気か！」

「平気」

低い声でつぶやいたときには、チョウジはすでに印《いん》を結び終えている。

——倍化《ばいか》の術！

チョウジの身体の輪郭が、みるみるうちに膨《ふく》らんでいく。巨大化した身体は到底トイレ内には収まらず、めりめりと壁を破壊して天井を押し上げた。

薬の致死量は、身体の大きさで決まる。身体を巨大化させれば、必然的に致死量も増えるはずだ。注射器一本分の毒など、体長をほんの少し、五メートルほどまで巨大化させれば、大きな影響はなくなる。

「……なんだこりゃ……」

唖然とした眼鏡とロン毛がはっと気がついたときには、すでにシカマルの姿はない。チヨウジが壁を壊したどさくさで、トイレの外へと飛び出していた。

「は――っ、つめたかった……」

ようやく雲の上まで突き抜けて、ナルトは長々と息を吐き出した。

雷を切るというサスケの超人離れした芸当を、あれから何度拝んだか。氷点下の気温の中、氷の粒を全身に浴び続け、身体のあちこちが凍《こお》りついている。

サクラの肩や首に貼りついた氷粒をナルトがはらい、ナルトの頭に積もった氷粒をサスケがはらう。最後尾のサスケは誰にもやってもらえないので、雨に濡れた猫のように身体をぶるるっと震わせ頭を振って、自分で氷を弾いた。

あたりは環礁《かんしょう》に飛び込んだように穏《おだ》やかで、さっきまでの状況が嘘《うそ》のようだった。柱の伸びる先には宇宙が広がり、小川のように澄んだ星空の川床で星々が砂金のように輝いている。ぎょっとするほど大きな月が反射する光はくっきりとして、手で摑めそうなほどだったが、残念ながら三人に風景を楽しむ余裕などない。

「まったく、ひどい目にあったわね……」

げんなりとつぶやいて、サクラは真下を振り返った。視界のはるか下に、羊の背のような雲が垂れ込めている。やっぱり、どう見ても積乱雲だ。

ということは、地上では雨が降っている可能性が高い。

「先生たち、無事だといいけど……」


サクラの希望もむなしく、木ノ葉隠れの里は土砂降りに襲われていた。

鼻を打った雨粒に気づいて、カカシがつぶやいたのがほんの二分前。

雨はあっという間に本降りになり、ざあざあと容赦《ようしゃ》なく降り注いだ。土も木も、濡れると柔らかくなる。特に水に弱い土の柱は、早くも表面がぼろぼろと崩れだしていた。倒れないよう補強するために、余計にチャクラを使わなければならない。

「こんなペースでチャクラ使ってたら、二百キロ地点まで到底もちませんよ！　先輩、どうします?」

「どうするって……」

両手を地面につけた姿勢のまま、カカシはボヤいた。

「頑張るしかないでしょーよ」

いのと大蛇丸を乗せたエレベーターは、ヴン、と小さな音を鳴らして十三階に到着した。

事務局長室があるのは長い廊下を抜けた突き当たりのはずだが、幾《いく》ばくも歩かないうちに、いきなり扉に行く手を塞《ふさ》がれた。廊下全体を塗り壁のように覆《おお》う、ぶ厚い鉄扉《てっぴ》。

扉の脇に作りつけられたセキュリティシステムは、見たところ指紋認証と虹彩《こうさい》認証が採用されている。登録のない人間が試しただけで、防犯室の警報が鳴るだろう。

「やっぱガードが堅いわね」

「全部壊す？」

平然と言う大蛇丸に、いのはげんなりと首を振った。猪鹿蝶《いのしかちょう》班の任務は、基本的に諜報《ちょうほう》中心。忍《しの》び込《こ》んだ痕跡《こんせき》自体を残さないのが鉄則だというのに、この蛇男ときたら。

「壊さないの？　じゃあとりあえず、監視カメラをハッキングするわ」

大蛇丸の服の裾《すそ》から、一匹の蛇がぬるりと這《は》い出《で》てきた。蛇はうねうねと壁を這い上がり、天井から吊《つ》るされた監視カメラに絡《から》みつくと、嚙《か》みついて側面に穴をあけ、細い舌を突っ込んで何事か操作し始めた。

いのたちが扉の前に立っている様子は、すでに撮られている。ということは、ここにとどまっていれば、そのうち誰かが来るはずだ。このまま科学者に成りすまし、口八丁で丸め込んで開けてもらうか、それとも――

いのが思考を巡《めぐ》らせていると、背後で声がした。

「あなたたち、そこで、何してるの？」

振り返ると、グレイのスーツを着た女が歩いてくるところだ。監視カメラにまとわりつく蛇の姿が視界に入っているはずだが、大蛇丸が幻術《げんじゅつ》でもかけているのか気にする様子を見せず、まっすぐいのたちに近づいてくる。

「このフロアは、許可のない人間は立ち入り禁止ですよ」

「あ、えーと……私たち、フリエ事務局長に話があるんですが」

いのは、気弱な科学者を装い、おどおどと身体をすくめて答えた。「あの……あなたは？」

「フリエ様の秘書です」

女性が胸を張って答える。

秘書ならきっと、事務局長室へのセキュリティを開けられるはずだ。いつもの任務なら、迷わず心転身《しんてんしん》の術で身体を借りるところだが……術を使っている最中、いのの身体は意識を失って完全に無防備になるので、信頼できる仲間と一緒の時にしか使えない。

大蛇丸は、果たして、丸腰の自分を託すに足《た》る相手だろうか――

「あの、私たち数学部門の所属なんですが……」

いのは、胸のバッジを指で示した。「発見した公式が、フリエ事務局長の進めているチャクラの多能性付与研究に応用できそうなんです。だから、相談したくて」

多能性付与研究、と聞いて、秘書の表情が少し変わった。その研究は、フリエが極秘にちはれにやらせていたもので、賢学院の中でも一部の人間しか知らないはずだ。

秘書は、いのと大蛇丸の顔を、じっと見比《みくら》べた。

「……あなたたち、どちらの所属ですか？」

「『数理解析チーム』」

「プロジェクトは？」

「『退化系列表現と半単純リー群の表現手法』」

事前に打ち合わせた設定を、二人で声をそろえて口にする。

秘書の女は、少し考え込んだ。

「研究員証を見せて」

「えー……そんなの持ち歩かないですよ。デスクに置いてきちゃいました……」

いのが大げさに肩をすくめる。

「でも、研究の内容を説明して、学者だって証明することはできるわよ」

そう言うと、大蛇丸は早口にべらべらと説明しだした。

「実変数の実数値函数《かんすう》を同種の函数とするための従来の変換式を、さらにデジタル信号などで離散化された周波数解析に応用する技術の開発で、間信号、つまり複素数かけるｎの周波数解析を行うための公式を作ったの。これは複素函数に写す写像を表していて、ユニタリ作用素理論を応用したものなのだけど、実用上数値計算を行うときは正規化係数をまとめて一つにしてスケーリングを同時に行うという点において……」

「わかった、わかった、わかりました」

秘書は、うんざりした調子で大蛇丸を遮《さえぎ》った。

「ＴＰＯをわきまえず嬉々《きき》として自論を展開するのは、間違いなくウチの研究者ですね。それは信用しますが……フリエ様にはお会いになれませんよ。昨日《きのう》から戻られてませんから」

「昨日から？」

知っていたがおくびにも出さず、いのは目を丸くしてみせた。

「それは心配ですね……何か事件に巻き込まれたんじゃ……」

「研究に没頭することの多い方なので、別に珍しいことではないですよ」

いのは、ちらりと監視カメラを見上げた。蛇はハッキングを終えたらしく、カメラの上でとぐろを巻いてくつろいでいる。

「そんなわけで、今日《きょう》はお引き取りください」

秘書の女性は、横柄《おうへい》に腰に手を当てた。「社則にきちんと目を通してる科学者なんていないってことくらいわかってますけど、一応、ここから先は、許可なしに入れないので。ちゃんと手続きを踏んで、出直して」

やっぱり、穏便には済まないか。となれば、大蛇丸を信用してよいものか不安は残るけど、心転身の術を使うしかなさそうだ。

「はーい、出直しまーす」

素直に引き下がるふりをして秘書に背中を向け、いのは大蛇丸にささやいた。

「あの秘書の気をそらせる？　心転身の術で、あの秘書を操《あやつ》るわ」

「は？　そんな七面倒くさいことするのイヤよ」

言うなり、大蛇丸は着物の袖口《そでぐち》をすっと持ち上げた。

――潜影蛇手《せんえいじゃしゅ》！

袖の内側から、巨大な白蛇が飛び出して、瞬きする間に秘書の身体に巻きついた。一抱えもある胴体にぎりぎりと締め上げられ、秘書は何が起きたのかもわからぬまま、きゅうっと意識を失ってしまう。

あっという間の早業《はやわざ》だ。止める間もなかった。

「殺してないでしょうね!?」

いのは大蛇丸の襟首を摑み、嚙みつかんばかりの勢いで詰め寄った。どうかしらね、と大蛇丸は首を傾《かし》げてみせる。

「自分で確かめてみれば？」


九時三十五分。

山間《やまあい》の小さな町に到着したサイは、変化《へんげ》の術で服装を現地風に合わせ、さりげなく街中をうろついていた。

日干《ひぼ》し煉瓦《れんが》を固めた長屋の前で、子供たちが、桶《おけ》にためた水をかけあって遊んでいる。共同炊事場では、皮をむかれた野鳥がたっぷりの水でゆでられている。小高い岩山の中腹には、石造りの王宮が、町を見下ろすようにして建っていた。

町の様子は、事前にシカマルから聞いた情報と一致している。おそらくここが、烈陀国《レダク》で間違いないだろう。国の中に入ってしまいさえすれば、後はいのからの連絡を待って印を結べばいいだけだ。

烈陀《レダク》国の文化は、建造物といい衣服といい五大国《ごたいこく》とかなり異《こと》なるようだったが、残念ながら、高山病に苦しむサイに異文化を楽しむ余裕はなかった。

「はぁ……っはあ……」

手足がしびれだしたのは、本気でやばい気がする。

まずいな。

サイは、朦朧《もうろう》としながら、舌打ちを噛みころした。こんな状態で、果たして印がまともに結べるだろうか。


木ノ葉隠れの里に降る雨は、刻一刻と激しさを増していた。

螺旋楼にチャクラを注ぎ込みながら、カカシもヤマトもすっかり全身ずぶ濡れになっている。

「クッ……はっあ、キツ……」

「はっ……ハァっ」

チャクラで補強したそばから横殴《よこなぐ》りの雨がずぶずぶ染み込んで、螺旋楼を内側からぐっしょり濡らしていくのだからキリがない。雨に負けない強度を保つだけで精一杯で、柱の伸びる速さはずいぶん落ちていた。

「っは……くそ、ヤバいな……」

カカシが、上空を見上げてつぶやく。雨雲は夜の空に厚く垂《た》れこめて、まだまだ止《や》みそうにない。

「……速度が……はァ、落ちて、ますねっ……このままだと……」

間に合わない。

それどころか、倒れない強度をいつまで維持し続けていられるかも怪しくなってきた。

カカシもヤマトも、限界はとっくに超えていた。地面についた腕や肩、こめかみや首筋《くびすじ》にも、ビキビキと青筋が浮き、雨に濡れた身体からは湯気が立ち上っている。グローブはチャクラ圧でとっくに吹っ飛んだ。

「！」

「まずい！」

柱の途中に、断裂が入った。土の部分だ。

「クソ……まだか!?」

柱を伸ばすのを中断し、必死にチャクラを注ぐが、一度に放出できるチャクラ量には限界がある。雨水が芯まで染みて、土の柱は内側から崩れつつあった。それどころか、絡み合って支え合うはずの相手を失って、負担の増えた木の柱にも亀裂が入り始めている。

まずい、まずい、まずい――折れる！

バキッ！

木の皮が引き千切れて幹が裂け、とうとう全体が大きく傾いた。なんとか倒壊を防ごうと、極限状態でチャクラを注ぎ込む二人の腕の筋で、浮き上がった血管がごりゅごりゅと跳《は》ねまわる。ダメ押しのように雨脚《あまあし》が強くなり、ひときわ強い風が螺旋楼へと横殴りに吹きつける。

みしみし傾いていく螺旋楼が、いよいよ倒壊する——その瞬間。

二組の腕がカカシとヤマトの間に割り込んできて、バンと地に手をついた。


上空のナルトたちも、螺旋楼の異変に気づいていた。

「柱の伸びる速さが、どんどん遅くなってるわね」

「下で何かあったな」

「あ——っ！」

ゴーグルのレバーを引き、背後を振り返ったナルトが大声をあげた。

「雨降ってるってばよ！」

「やっぱり。だから柱の伸びる速さが落ちてるんだ……」

サクラはクラッチを操作して、バイクの速度を微調整しながらつぶやいた。「雨に負けない強度を保つのに、チャクラを消費してるんだわ」

「このペースだと、時間内に二百キロ地点に行けないぞ」

「いや、大丈夫だってばよ」

ナルトは軽い調子で、前後のうちは夫妻に声をかけた。

「カカシ先生とヤマト隊長が、任せとけって言ってたんだからよ！　あの二人なら、きっとなんとかしてくれる」

そうね、とサクラが表情をゆるめる。

「今までもそうだったもの。無理な状況を、乗り越えてきた。確かに今回の作戦はかなり突貫で、無茶な部分も多いけど……カカシ先生とヤマト隊長ならきっとなんとかしてくれるわね」

言ってる間にも、柱の伸びる速度はどんどん落ちていく。そればかりか、柱全体が小刻《こきざ》みに振動し始めて、表面がぼろぼろと脆《もろ》くはがれ始めた。

「やっぱ……ヤバそうかも……」

サクラの嫌《いや》な予感は見事に的中し、柱の伸長が、とうとう完全に止まった。

バイクは急に止まれない。

「……ッ！」

サスケが即座にエンジンへのチャクラ供給を止めたが、エンジンもすぐには停止しない。

バイクは途絶えた柱の先を突き抜けて、勢いよく空中へと飛び上がった。

「あ――っ！」

「カカシ先生――ッ!?　ヤマト隊長――ッ!?」

柱の伸長が停《と》まったときの選択肢は二つ。

サスケの須佐能乎《スサノオ》で下に降りるか、空中で上手《うま》く方向転換して地上まで柱を走って降りるか。どちらを選ぶにせよ、作戦は失敗だ。

サクラがグリップを握って方向転換を試み、同時にサスケが須佐能乎を出しかけた——

次の瞬間、止まったはずの柱が、ズォッと一気に長く伸びた。

柱が、チッと前輪の先をかすめる。その隙《すき》を逃さず、サクラはチャクラコントロールで柱とタイヤの表面を引き合わせた。

ダン！

バイクは勢いよく、垂直な壁の上に着地した。一瞬ふらついたが、すぐに体勢を立て直し、なんとか柱を駆け上がっていく。

「あぶな……停まっちゃったかと思ったわ」

サクラが、冷や汗をぬぐって言う。

「でも、さっきまでの柱と少し違うみてえだ……」

これまでは、ヤマトとカカシがそれぞれ担当する木の柱と土の柱が、交互に交差して伸びていた。しかし今は、絡み合う柱が全部で四本ある。

土が三本、そして木が一本。……いや、土の柱は二本で、もう一本は砂だ。

「このチャクラは……」

サスケがつぶやき、ナルトも嬉《うれ》しそうにニヤリとした。

「我愛羅《ガアラ》と黒《くろ》ツチだってばよ！」


「二人とも、遅いじゃないの……」

「あのねえ。前日に呼び出されて今ここにいるだけで、感謝しなさいっての！」

地面に手をついて螺旋楼へとチャクラを注ぎながら、黒ツチはじとっと上目づかいでカカシをにらんだ。

「たまたま外交中で国の外にいたからすぐ来られたけど……あたしたちをこんな簡単に呼びつけられるのなんて、あんたくらいのもんだからね！」

「ナルトは上か」

我愛羅が、片手をついた姿勢のまま、上空を見上げてつぶやいた。「金属の塊《かたまり》に乗って積乱雲に突っ込むとは……相変《あいか》わらず無茶をするな」

ですよね、とヤマトが苦笑《にがわら》いする。

黒ツチと我愛羅の助太刀《すけだち》により、螺旋楼はなんとか強度を取り戻し、再び速度を安定させて上空へと伸び続けていた。

ヤマトによる木の柱と、カカシと黒ツチによる土の柱、そして我愛羅による砂の柱。四本の柱が髪を編《あ》むように絡み合い、お互いを支えにしながら、上空へと伸びていく。二本のみで支え合っていたときと比べても、格段に安定感を増していた。

「で、ナルトはどうして上空二百キロまで行きたいの？　何か理由があるんでしょ？」

「いや～……それは内緒……」

カカシは、この期《ご》に及んでお茶を濁すつもりらしい。

黒ツチが、ますますイラッとした表情になった。

「これだけ協力を仰《あお》いでおいて、事情を話さないつもり？」

「まあまあ。全部終わったら、ナルトに直接聞いてちょうだいよ」

のんべんだらりと受け流すカカシの態度に、フッと我愛羅が小さく笑う。

「そうさせてもらうか」

どこか楽しげにつぶやくと、風影《かぜかげ》は目を細めて、伸びていく柱の先を見上げた。


シカマルは、変化の術で再び外見を変え、人でごった返すダンスフロアへと逃げ込んだ。

上着の内側に隠した携帯端末を起動して、片っ端からパスコードを入力していく。

０００１８、００８１、０８０１、０１０８――

「ねぇ見てあそこ！　でっかい人がいるー！」

「ほんとだー！　めっちゃでかいじゃーん！」

酒に酔った客たちは、巨大化したチョウジを見てイベントか何かと勘違いしているようだった。大きいチョウジに寄りかかって、記念撮影をしている連中までいる。

巨大化することで毒薬に対応したチョウジだが、当分の間、あそこから動けなくなってしまった。あのサイズと重量で下手《へた》に動けば、建物全体を破壊してしまう。

オレが一人でなんとかしねェとな。

シカマルは冷静にパスコードを試し続けた。もう半分まで来たというのに、いまだにロックは外《はず》れない。時刻は九時四十五分。クラブの特定に時間がかかったのと、連れの男二人がまさかの忍で予想外の戦闘をする羽目になったことが響《ひび》いた。もう時間がない。早く、ファイアウォールを解除しないと。

チョウジはさっきから、映《ば》える撮影スポットのマスコットと化している。眼鏡はシカマルを探して外へ出ていったが、ロン毛はクラブにとどまり、手すりから身を乗り出してシカマルの姿を探している。

大丈夫だ。顔も体形も、さっきとは変えてる。自然にしてりゃ、バレることはない。

シカマルは自分に言い聞かせ、パスコードの入力を続けた。

確かに、シカマルの演技と変化の術は完璧《かんぺき》だった。上着の内側で携帯端末を操作するという不自然な動作も、人の流れや曲調に合わせて巧妙に隠してみせた。並のボディガードならば、ノオトを襲った忍はもうクラブの外に逃げたあとだと判断しただろうが——残念ながらロン毛は、念には念を入れるタイプだった。

ロン毛はテーブルの上に立つと、懐《ふところ》から手裏剣《しゅりけん》を出し、天井に向けて打った。手裏剣はくるくると旋回《せんかい》しながらゆるやかにカーブして、天井から下がったミラーボールの留め具に刺さる。

バキッ！

留め具が折れ、ミラーボールは、人の密集したフロアへと真っ逆さまに落ちていく。

「あいつ……！」

落下地点では、女性三人組が、落ちてくるミラーボールに気づかずじゃれあっている。

シカマルは女三人をまとめて抱えて倒れ込んだ。ミラーボールは床に当たって大きくひしゃげ、粉々に割れたミラーガラスがあたりに飛び散る。

「きゃあああっ！」

フロアが悲鳴に包まれ、人々が出入り口に殺到した。

シカマルは、人々の流れに逆らって出入り口に背を向け、飛びかかってきたロン毛の膝打ちを、片腕で受け止め弾き返す。

「ノオトさんの端末を奪ったのはテメェだな。もう逃がさねえぞ」

「何のことだ？　オレは、たまたま遊びに来てただけの、非番の忍だぜ？」

一応しらばっくれてみる。が、ロン毛は問答無用で、ジャケットの背に隠した長刀を抜いた。

めんどくせー。

シカマルは体軸を傾け、跳躍《ちょうやく》したロン毛の一太刀を軽くかわして、ついでに変化の術を解いた。ノーガードの脇腹に握りしめた拳を叩き込む、かに見せかけ足元の影を伸ばして、無謀にも近づいてきたロン毛の影を狙う。

が——横切ったピンクのライトが影を遮った。もう一度、と再トライするが、今度はグリーンとブルーのライトが立て続けに影を切る。クラブのダンスフロアは、影縛《かげしば》りの術を使うには最悪の場所だ。明滅するストロボと、フロアをうろちょろするピンライトが邪魔すぎる。

九時四十七分。シカマルは、小さく舌打ちした。

こんな男一人に時間を食ってる場合じゃねえんだよ。


「ここがフリエの部屋ね……」

無事に書斎に侵入し、いのは物珍しげに部屋の中を見まわしながら、担《かつ》いできた秘書をそっと部屋の隅《すみ》に寝かせた。賢学院のトップが使うオフィスなのだからさぞ豪奢《ごうしゃ》だろうと思いきや、真っ白い部屋の中には、デスクトップＰＣを載《の》せたデスクと椅子《いす》がぽつんとあるだけだ。

「重たそうね。目玉と指だけ切り取っちゃえば軽いのに」

冗談だか本気だか判別のつかない口調で言いながら、大蛇丸はもうパソコンのキーを叩いている。いのは、懐中時計で時間を確認した。

九時五十分。

シカマルとチョウジの任務は、順調に進んでいるだろうか。

「大蛇丸、ハッキングまでどれくらいかかりそう？」

「終わったわ」

「え」

早すぎない？

驚いてモニターをのぞき込むと、いくつかのウィンドウが同時に開かれている。一番手前のウィンドウには『NETWORK PROTECTED』と真っ赤な文字が表示されていた。

「ローカルのセキュリティは突破したわ。後は、あの坊やたちがファイアウォールを解除するのを待つしかないわね」

ということは、シカマルたちの任務はまだ終わっていないのか。

いのは、また懐中時計を確認した。九時五十一分。

シカマルたちがファイアウォールを解除したら、大蛇丸がフリエのデータにアクセスできるようになる。フリエが解読したはずの『離れず巡る星』の印を手に入れたら、いのが心伝身の術で、烈陀国《レダク》にいるサイに送る。サイが印を結べば、衛星が開いて、ナルトたちは中の物質を手に入れることができる。

それが、今回の作戦だ。誰か一人でも失敗すれば、任務は破綻《はたん》する。

「アナタの術、そんなに遠くまでちゃんと届くの？」

いのの不安に追い打ちをかけるように、大蛇丸が聞いた。「烈陀国《レダク》まで繋《つな》げるんでしょう？　はるか彼方《かなた》にいる、旦那さんのところまで」

「やったことないから、わかんないわ」

正直に答えると、大蛇丸の舌がぴゅっと伸びてすぐに縮んだ。いのはため息交じりに続ける。

「忍界大戦《にんかい》のとき、三百人の忍を一度に繋げたことがある。近距離で赤の他人を三百人繋げるのと遠いところにいる一人を繋げるのだったら、後者の方が簡単な気はするけど、やったことがあるわけじゃないから、うまくいく保証はないわね。……でも、多分大丈夫よ」

自信があった。

きっとできるだろうと、根拠はないがそう思う。心伝身する相手は、この世で一番よく知っている相手なのだから。

「ふーん、そう」

自分から聞いてきたくせに、興味なさそうに言って、大蛇丸はデスクに頬杖《ほおづえ》をついた。

シカマルたちの任務が終わるまで、いのチームにできることはない。

待機。

ひたすら待機だ。

他人の書斎に、あの大蛇丸と二人きり。

なんか気まずいなあ……。

いのは、落ち着かなげに懐中時計を開いた。九時五十二分。昨晩から、いのじんはサラダと一緒にイルカ先生の家にホームステイさせてもらっている。今日はシカダイとチョウチョウも一緒なんだっけ。もう、夕ご飯、食べたかな。

ちらりと、椅子に座った大蛇丸のつむじを見下ろす。

そういえば、こいつ、ミツキの親なんだよね。てことは、私たち一応、ママ友？

「ミツキは、いい子よ」

動いていく時計の針を見ながら、いのはおもむろにつぶやいた。

「は？」

大蛇丸が、椅子ごとくるりと振り返る。

「いのじんが、よく話してる。成績優秀でいつも冷静で、最初はとっつきにくいって思ってたみたいだけど……意外とバカなことにも付き合ってくれて、いいやつだって」

「急に、なに?」

「別に。ただ、親なら子供のこと、知りたいんじゃないかと思って。あんた、来ないでしょ。授業参観とか」

細くとがった黄色い瞳が、いのの方を向いた。が、微妙に視線が合わないので、本当にこっちを見ているのか自信がない。短い沈黙の後、大蛇丸は心外そうにつぶやいた。

「三者面談は行ったわよ」


サイは、日干し煉瓦を塗り固めた長屋の屋上で、待機を続けていた。

じりじりと照りつける太陽が、ただでさえ酸欠で死にそうな身体から、さらに体力を奪っていく。

火《ひ》の国から持参した懐中時計の時間を確認して、ハァー、と呼吸を吐き出す。

そろそろタイムリミットだ。

いのからの連絡は、まだ来ない。


九時五十八分。

一時間の長いドライブを終え、ナルトたちを乗せたバイクは、ようやく上空二百キロ地点に差しかかりつつあった。

衛星は、すでに視界に入っている。

遮るものがない場所で、太陽光を反射して輝く衛星はよく目立った。みるみるうちに迫《せま》ってくる銀色の球体は、両側面にぐるぐるの渦巻きが刻まれていて、一目で木ノ葉のマークを連想させる。

「やっぱりピンポイントとはいかなかったわね」

サクラが言うように、まっすぐに向かってくる衛星の軌道は、柱の伸びるルートから五十メートルほど西にずれているようだ。

「あの中に、極粒子《きょくりゅうし》が入ってるのかしら」

「いや、あの丸いやつは入れ物の入れ物だってばよ」

ナルトが、白眼で中を確認して、声を暗くした。「あん中に竹の器《うつわ》があって、極粒子はその中に入ってる。でも……器の封印が解けてねえ」

シカマルたちは間に合わなかった。極粒子は封印されたままだ。事前の打ち合わせでは、この時点で封印が解けていなければ、作戦を中断して地上に戻ることになっている——が。

「問題ない」

短く言うと、サスケはナルトの身体を抱えた。

「へ？」

きょとんとして、ナルトはサスケの顔を見上げた。

何か秘策でもあるのだろうか。サスケの表情はいつも通りだ。

「サスケくん」

サクラが唐突に、バイクのグリップから両手を放して立ち上がった。上半身をひねって真後ろに向け、サスケの服の襟元を摑んで勢いよく自分の方へ引き寄せる。そして、引き結んだ唇《くちびる》を、サスケの唇に押しつけた。

「へ……」

突然、頭上でキスを交わされ、ナルトの口があんぐりと開いた。

「信じてるからね！」

サクラは短く叫ぶと、サスケのコートの内側に手を差し入れて額当《ひたいあ》てを取り出し、接近してくる衛星に向かってブン投げた。

ナルトはつくづく意味がわからない。

キスするような場面じゃないはずだ。封印を解くのが間に合わなければ、地上に戻る。それだけのことだろう。てか、あの額当て、誰のだ？　サスケのじゃねーし……。

サスケはナルトを抱えたまま、ホイールを蹴って飛び上がった。チャクラの供給者を失ったバイクは、スピードを失ってふらつき、サクラを乗せたまま落ちていく。サクラの投げた額当ては衛星に接近し、この高度でもうっすら存在する空気の抵抗摩擦で火花を放って、あっという間に炎上した。

消し炭《けずみ》と化した額当てが、風に流されてぼろぼろと崩れ始める。

——天手力《アメノテジカラ》!

サスケは自分とナルトの位置を、朽ちる直前の消し炭と入れ替えた。衛星が、すぐ目の前に迫る。服があちこち自然発火するほどの抵抗の中、サスケは長刀を抜き、刀の先端を自分の左足の甲に貫通させて、その勢いのまま衛星の側面に突き立てた。

乱暴な方法だが、ともかく自分の身体を衛星に固定させ、懐から鞘《さや》に入った短刀を出す。

「待て、サスケ! まだ極粒子の器の封印が解けてねェ!」

「問題ない。器ごと壊す」

「ばぁか! んなことしたら……」

言葉の続きを飲み込んだナルトの顔色が、みるみる蒼白になっていった。

「お前、まさか……」

サスケは答えない。いつもの表情だ。

やるべきことをするだけだと言わんばかりに、平然としている。

「……ふざけんな!」

身体を抱えられたまま、ナルトは身をよじって喚《わめ》いた。「いい加減にしろ! お前が死んでオレだけ助かって、それで誰か喜ぶと思ってんのか!?」

サスケがこんなにバカだなんて思わなかった。バカなのは知ってたけど、ここまでとは思わなかった。

里に必要とされているのが、ナルトだけだとでも思っているのか。お前が必要だと、大切な親友だと、何万回言ったらその無駄に形の良い頭の中に入るんだ。

こいつはいつもそうだ。平気で自分を犠牲にする。サスケ以外のみんなが幸せで、サスケ一人がものすごく痛い思いをしている世界があるとしたら、その世界は平和だと本気で思ってる。そんなわけないのに。サスケにナルトが必要なように、ナルトにだってサスケが必要で、そんなのは当然のことなのに、何年経っても何回言っても、それがわからない。

「聞いてんのか！　放せっつってんだろうがよ!!」

「お前の妻に、謝《あやま》っておいてくれ」

わけのわからないことをつぶやくと、サスケは鞘を噛んで刀を抜いた。


ガシャァン！

熱くなったピンライトに、シカマルは背中から突っ込んだ。剝き出しになった電熱線がモロに触れ、じゅうっと肌《はだ》が焦げる音がする。

熱がっている暇もなく、ロン毛が突進してくる。右に飛んで体当たりをかわせば、待ち構えていたようにクナイがぶんと鼻先をかすめた。

「っぶねーな！」

賢学院のＶＩＰの護衛に就《つ》くだけあって、ロン毛はよく訓練されている。パスコードを入力しながらでは、防戦一方にならざるを得ない。

１１８０。

袖に隠した携帯端末に、なんとか入力したパスコードはまたも不発だった。これで三十五パターン目。ということは、最後に残った一つが正解だ。

そろそろ十時だ。本気でヤバい。

携帯端末を気にするシカマルの隙をつくように、ロン毛が勢いよく至近距離まで踏み込んできた。アゴを掴まれ、シカマルは床の上に押し倒されてしまう。まずい、と思った次の瞬間、横ざまに飛んできた巨大な手のひらが、ロン毛を身体ごと薙《な》ぎ払《はら》った。

「チョウジ！」

はっと顔を向ければ、チョウジが腹を押さえて倒れていた。巨大化している腕以外の部分は、もとのサイズに戻っている。部分倍化の術だ。

「倍化の術を解くな！　毒がまわって死ぬぞ！」

「……わかって、るよっ」

ボン、と煙が巻き起こり、チョウジの身体全体が再び巨大化する。ロン毛は、床の上に大の字に倒れたまま動かない。

１１０８。

最後に残った四ケタを入力すると、携帯端末のロックが外れた。

「よし……！」

画面に表示されたファイアウォールシステムのアイコンをタップする。表示されたのは、法則を知らない者には意味をなさない文字列——コンピュータ内でのみ有効の独自言語だ。シカマルは手際よく、コマンドに〈システム解除〉のアルゴリズムを入力した。後は、「実行」タブをタップするだけ、なのだが——

「めんどくせー！」

くっと身体を沈めたシカマルの頭上を、血に濡れた握り拳がかすめる。ロン毛の男が、しぶとく息を吹き返したのだ。

「テメェ、許さねえぞ……！」

鼻からも口からも血を流しながら、ロン毛がクナイを振りかぶる。シカマルはロン毛の腹を蹴り飛ばし、壁際に飛び退《とすさ》った。上着の内側に隠した携帯端末は、もうロック画面に戻っている。

「あー、クッソ！」

1108。もどかしくパスコードを入力すると、ファイアウォールシステムのアプリ画面が表示された。シカマルが入力したアルゴリズムは、幸いそのまま残っている。

平衡感覚を取り戻したロン毛が向かってくるが、避けている余裕はない。

ロン毛のパンチが腹にめり込むよりも一瞬早く――シカマルの親指が、「実行」ボタンをタップした。


「来た……！」

いのは、モニターに表示されたNETWORK PROTECTEDの表示が消えたのを見て、思わず身を乗り出した。ファイアウォールが解除されるのを今か今かと待ち受けていたのだ。

大蛇丸はすでに反応して、すごい速さでキーボードを叩いている。

モニターの隅に表示された時刻は、九時五十九分を指していた。

「急いで！　もう時間がない！」

「終わった。これが、極粒子の封印を解くための印よ」

大蛇丸が、モニターの表示を拡大する。

いのは印を組み、はるか西方にいる夫に向けて、チャクラを練った。

――サイ！

――ねえ！　聞こえる!?

やっと来たか。

聞き慣れた妻の声を、サイは烈陀国《レダク》で聞いた。酸素不足でガンガン耳鳴りがしていたが、脳に直接響く奥さんの声は、不思議と心地よく聞き取れる。

――極粒子の封印を解く印を言うわよ。午《うま》・辰《たつ》・亥《い》……

頭に流れ込んでくる声に従い、サイは、残しておいたチャクラを振り絞った。


サスケが抜いた短刀の刀身は、千鳥のすさまじい電気を帯びて、バチバチと発光を繰《く》り返《かえ》していた。刃《やいば》の焦点は、極粒子の器へとまっすぐに向いている。大昔にかけられた封印を破壊することくらい、サスケにとっては造作《ぞうさ》もないだろう。

「やめろっつってんだろうが！　サスケェ!!」

ナルトは、目線の合わない親友の横顔に向かって、必死に叫んだ。

サスケの命を犠牲にするくらいなら、一生チャクラを使えないままの方が百倍マシだ。

火影だって今すぐ降りてやる。

「サスケ、聞け！　地上に戻るぞ！　作戦は中止だ！」

全力で暴れるナルトの鳩尾《みぞおち》に、サスケの膝蹴りがまともに入った。

「そこでじっとしてろ、ウスラトンカチ」

力の抜けたナルトの身体を膝で押さえつけ、サスケが短刀を振り上げる。バチィ！　と千鳥が爆《は》ぜ、一瞬あたりをすさまじく照らして真っ白にした。落ちてくる切っ先が、衛星を砕こうとする——まさにその瞬間。

衛星の内部に異変が起きたのを、ナルトの白眼が捉《とら》えた。竹の器がぱぁんと割れ、立方体の中いっぱいに、銀色の粉が飛び散る。

開いた！

口で伝えている暇はない。ナルトは、サスケが振り下ろした短刃《たんじん》の切っ先に、自分の左腕を差し入れた。血しぶきが上がり、千鳥の電流が、ナルトを通してサスケの身体をも貫《つらぬ》いた。点滴針を固定していたセメントが弾け飛び、不意をつかれたサスケが一瞬たじろぐ。その隙に、ナルトはサスケの足首を固定していた長刀を勢いよく引き抜いて、渾身の力でサスケを衛星から蹴り落とした。

「封印が解けた！」

天手力《アメノテジカラ》で戻ってこられてはたまらないので、長刀を遠くへ放り投げながら、ナルトは力いっぱい叫んだ。

「お前はサクラちゃん拾って下で待ってろ！」

サスケは逆らわず、空気抵抗であちこち発火したマントを翻して落ちていく。髪に隠れた隙間から、サスケがほっとしたように表情をゆるめたのが見え、ナルトは本気で腹が立ち、同時に泣きたいような気持ちになった。

なんであいつはいつも、他人のことばっかり。

ナルトが心底腹が立つのも死ぬほど泣くのも、いつもサスケが原因だ。最初に出会ってからもう十何年と経つのに、いまだに変わらない。

酸素供給装置が抜け、もう自力で呼吸はできない。ナルトは唇を引き結び、衛星にしがみついた。

「待ってろよ、九喇嘛《クラマ》ぁ！」

叫んだら腹の中の空気がすべて抜けて、いよいよ呼吸ができなくなった。風圧で、ゴーグルのバンドが千切れて飛んでいく。でも、もう白眼は必要ない。この中にナルトのチャクラ管をこじ開ける銀の粉が満ちているのは、確認済みだ。

ナルトは首をのけぞらせ、衛星に思いきり頭突きをかました。

ガン！

衛星が裂け、中から飛び出した銀の粉がナルトの身体を包んだ。ドクンと心臓が波打ち、すうっと意識が遠のいていく。

裂けた衛星の残骸《ざんがい》は、軌道を狂わせて飛び散り、その多くが螺旋楼を直撃した。

ズン……!!

衛星がぶつかった衝撃《しょうげき》は、螺旋楼を通して、根元にいたカカシたちのもとにまで伝わっていた。土と木の柱に亀裂が入り、ビキビキと広がっていく。

「まずい!」

我愛羅がとっさに砂を上空に広げ、里を守ろうとするが、螺旋楼に費やしすぎてチャクラが足りない。粉砕された塊やはがれた土くれと木の皮が、風に流されながら、ばらばらと地上に降り注いだ。

●

木ノ葉隠れの里は、静かだった。

なんでもない、平日の夜。居酒屋や一楽《いちらく》の屋台からは楽しげな笑い声が漏《も》れ、明かりの灯《とも》った家々では、誰もが普段通りの日常を送っている。螺旋楼からの落下物が迫っていることなど、知る由《よし》もない。

巨大な土くれが、今にも民家を直撃する寸前――ヒュッと何か白い物体が飛んできて、土くれを粉砕した。物体はくるくると回転しながら、ブーメランのように方向転換して、投げ手の方へと戻っていく。

白い鉄扇子《てつせんす》をぱしっと受け止めたのは、屋根の上に立ったテマリだ。

「あぶないね……どっから降ってきたんだよ、これ」

空から落下物があるかもしれないから、里を守れ――というシカマルの大雑把《おおざっぱ》な指示に従って屋根の上で秘密裏に待機していたのは、テマリだけではない。テンテンに、リーとキバ、カルイ、そして我愛羅とともに火の国へ駆けつけたカンクロウの姿もある。

しかし、落下物は、一つだけではなかった。

夜の空を薄く覆う雲の上から、ばらばらと何かが落ちてくる。無数の土くれや木端《こっぱ》――どれも数メートルはある。

「なっ……！」

屋根の上の忍たちは、瞬時に散らばり、落下物を追った。

しかし、なにしろ数が多すぎる。この人数では、とても拾いきれそうにない。

「まずい……ッ！」

テンテンがありったけの暗具《あんぐ》を構えて、空をにらんだ――次の瞬間。

雲の奥から、回転する風の塊が無数に落ちてきて、百はあろうかという土くれや木端を同時に粉砕した。あっという間だ。風の動きが生む真空が、砕けた破片を巻き取り圧縮して、欠片《かけら》ひとつ落とさずに吸収していく。

大玉螺旋丸《おおだままらせんがん》——七代目火影《ほかげ》の得意とする風遁《ふうとん》技の一つだ。

「なんだ……ナルトもいたのかよ。心配いらねーじゃん」

キバが、空を見上げて、肩の力を抜いた。

雲の切れ目から、太陽の欠片かと思うような明るい光が落ちてきて、火影岩の上に着地した。九尾《きゅうび》のチャクラを自《みずか》らのものとして操る、最強の戦闘形態——九尾のチャクラモードのナルトだ。

四代目火影の顔岩の上に立ち、うずまきナルトは、静かに里を見下ろした。

終章

epilogue

今年何度目かの繁忙期《はんぼうき》のピークが過ぎ、ナルトは久しぶりに、愛妻の手料理にありついていた。

「は～……やっぱ、家で食うメシが一番うめーなあ」

食卓に並んだのは、ご飯と焼き魚、そして副菜が数品そろった素朴な和食だ。昆布とみりんで薄く煮た茄子《なす》は、一晩かけて冷蔵庫の中で冷やされて、すっかりとろりとなっている。皮の濃い紫色《むらさきいろ》がくったりした薄緑色の果肉に移って、いかにも味が深そうだ。つやつやの白米によく合うのだ、これが。

テーブルの上には、今夜の花火大会のチラシが置かれている。今年打ち上がる花火の数は、去年の五百発から大幅に増えて、なんと六千発。ちはれの開発した多能性付与装置が花火の起爆剤として正式採用され、一発当たりのコストが大幅安になった結果だ。

ちはれは今でも、賢学院《けんがくいん》で研究を続けている。実績だけ見れば、次期事務局長の最有力候補なのだが、本人にはまるでその気がない。

「人材管理とかリーダーシップとか絶対無理です。一生ヒラでいいので、その代わり個室をください」

ちはれの口調を思い出し、ナルトは小さく笑った。五影《ごかげ》会談に招集され、フリエが逮捕されて空席となった事務局長の座に就《つ》く気はないかと問われて、ちはれはきっぱりと、そう宣言したのだ。賢学院の部屋割りをどうこうする権限は五影にはないが、幸《さいわ》いちはれは望み通りに個室を与えられ、思う存分どっぷりと研究に没頭する日々を送っているらしい。他人と関わりたくない症候群にはますます拍車がかかっているようだけど、でも、彼女の研究の成果は、確実に社会を変えて、人々に影響を与えている。

「ナルトくん、今日《きょう》はゆっくりしてきていいからね」

「パパ、行ってくるねー！」

浴衣《ゆかた》で出ていくヒナタとヒマワリを見送り、時計を確認して、ナルトは「やべっ」と小さくつぶやいた。ヒナタの手料理でまったりしすぎた。オレも早く出ないと、すでに遅刻だ。

「……昔、変な噂《うわさ》があったな。花火は人の魂《たましい》を原料にしてるとか」

「覚えてる。キバが言いだしたのよ、それ」

頭の上から話し声が聞こえてくる。

ナルトは律義《りちぎ》に一段ずつ梯子《はしご》を上っていたが、途中で面倒になって、勢いをつけ一気に飛び上がった。

「悪《わり》ィ、遅れた！」

「あ、やっと来た」

サクラは、氷を直《じか》に入れたビニール袋の中から冷えたサイダーを一缶引き抜き、ナルトに向かって投げてよこした。仕事帰りのサクラはいつもの格好《かっこう》だが、カカシとサスケは珍しく半袖《はんそで》だ。

暑いしな。

ナルトは屋根瓦《やねがわら》の上でだらしなく胡坐《あぐら》をかいた。プルトップを引き上げると、ぷしゅっと良い音がして泡が盛大にあふれ出す。慌《あわ》てて飲み口に吸いつけば、炭酸がしゅわしゅわと泡立ちながら、喉《のど》を冷やして流れていった。

「はァ……しみる～」

「もー、オッサンくさい」

右手にハツ左手にエイヒレを握りしめ、早くも空き缶を四つも並べた女に言われたくない。言い返そうかと思ったとき、ヒュウウと口笛のような音がしたので、慌てて視線を空に向けた。

ドン！

大輪の真っ赤な花火が、空からはみ出して炸裂《さくれつ》した。千滴はありそうな炎の雫《しずく》が散り散りに広がり、尾を引きながらあっという間に消えていく。

「今日はヒナタは？」

カカシが、エイヒレをかじりながら聞いた。

「ヒマワリ連れて、ママ友たちと縁日まわってる。金魚いっぱい取るって、はりきってたな」

「ヒナタが？　ヒマワリが？」

「両方！」

ゴーグルが壊れたときに白眼《びゃくがん》の力はヒナタのもとに戻ったけれど、残念ながら木ノ葉《こは》の縁日は瞳術《どうじゅつ》使用禁止だ。意外と不器用なところがあるヒナタは、すぐにポイを破いてしまう。今年は、何匹連れて帰ってくるかな。金魚鉢の底に、ビー玉入れてやろう。そんなことを考えながら、ナルトはごろんと横になった。二の腕に触れる屋根瓦が、ひんやりと気持ちいい。

アカデミーの校舎の、屋上に作られた物置小屋の屋根の上。何年か前、ボルトとの追いかけっこで通りがかって眺《なが》めの良さに気づいて以来、花火大会の夜にはここで宴会をするのが恒例になった。部外者立ち入り禁止の場所なので、各自できうる限りの忍術を駆使してこっそり忍び込んでいる。イルカ校長に見つかれば、きっと全員そろってゲンコツを食らうだろうけど、でも、しょうがない。

だって、ものすごく良い場所なのだ。遮《さえぎ》るものが何もなく、空全体がきれいに見渡せる。

「来る途中、ヤマト隊長に会ったってばよ。これから桟敷席《さじき》の警備だって」

「今年はサイも会場警備の担当よね。来られなくて残念」

横向きの視界のど真ん中で、真っ赤な花火が傘《かさ》を開いたように広がった。間髪《かんはつ》入れずに、どんどん上がる。青、白、緑、青。新市街に建った高層ビル群が、少しずつ違う角度から花火の明かりを反射して、万華鏡《まんげきよう》みたいだ。

「……あのさ」

ナルトは横になったまま、三人の背中に向かってそうっと声をかけた。

「みんな、ありがとう。いろいろ」

誰も何も言わなかった。花火の音がうるさくて、聞こえなかったのかもしれない。

ナルトは、光に照らされたサスケの横顔を、そっと窺《うかが》い見た。右の頬骨《ほおぼね》のあたりが、まだ少し青黒い。

あの日。

極粒子《きよくりゆうし》を浴びて里へと戻ってきたナルトは、自分にチャクラが戻ったことを喜ぶのも忘れ、大泣きしてサスケに摑《つか》みかかった。てめぇ何しようとした。ざけんな。そんなことされてオレが喜ぶとでも思ったのか。サスケはおとなしく殴《なぐ》られ、カカシとヤマトはともかくサクラまでもがナルトを止めなかったので、サスケの右頬には拳《こぶし》の形そのままにくっきりと青あざがついた。

あの時サスケを許せないと思った気持ちは、心の底から本心だ。

でも。

ナルトはぐびりと炭酸を飲み下し、小さなげっぷをした。

本当は、サスケのことを怒れない。オレだって、きっとここにいる誰かが大きな危機に陥《おちい》るようなことがあれば、命を懸《か》けてしまうだろう。

しょうがない。オレにはみんなが必要だ。みんなにオレが必要なように。

大玉が連続で打ち上がり、煙だらけになった空が一瞬休憩したのを見計らうように、一羽の鳶《とび》が飛んできた。墨汁《ぼくじゅう》で描かれたくちばしの先に、ビニール袋を引っかけている。サイからの差し入れだ。

「わあ、波《なみ》の国の発泡水だ！」

冷えた瓶を袋から取り出して、サクラは顔をほころばせた。最近いのがお気に入りの蔵元のブランドだ。早速《さっそく》、乾杯用のお猪口《ちょこ》に注ぐと、小さな泡がぱちぱちと涼しげに弾《はじ》いた。

「お礼伝えといてくれる？」

カカシの言葉を理解してこくんとうなずくと、鳶は翼を広げて主《あるじ》のもとへと戻っていく。

その姿に重《かさ》なるようにして、またひとつ、花火が打ち上がった。目の奥が痛くなるほどの金色が一斉《いっせい》に弾け、柳《やなぎ》のように尾を引きながら消えていく。ドン、ドン、ドン。夜空を必死で埋《う》め尽《つ》くそうとするかのように、花火はあとからあとから打ち上がり、光ったそばから消えていく。

ナルトは勢いをつけて上半身を起こし、空き缶をべこっとつぶして、身体《からだ》の後ろに転がした。

ぬるい風が、長く伸びたサスケの髪をすくっていく。サクラは、子供みたいに体育座りしてる。カカシ先生は相変わらず立っていても座っていても猫背だ。

来年もきっと、彼らと一緒に花火を見るだろう。再来年も、その次の年も、きっと。

色とりどりの火花が散って、夜に沈んで消えていく。

水滴に濡《ぬ》れた小さなお猪口を、四人はカチンと打ち合わせた。

NARUTO－ナルト－
ナルト烈伝　うずまきナルトと螺旋の天命

２０１９年10月９日　第１刷発行
２０２５年６月25日　第３刷発行

著　者　岸本斉史◎江坂　純
装　丁　高橋健二（テラエンジン）
編集協力　添田洋平（つばめプロダクション）　長澤國雄
編集人　千葉佳余
発行者　瓶子吉久
発行所　株式会社　集英社
〒１０１-８０５０　東京都千代田区一ツ橋２-５-１０
ＴＥＬ　０３-３２３０-６２９７（編集部）
０３-３２３０-６０８０（読者係）
０３-３２３０-６３９３（販売部・書店専用）
印刷所　共同印刷株式会社

ISBN978-4-08-703486-8 C0293

本書は書き下ろしです。

NARUTO -ナルト-
小説シリーズ
累計220万部突破!!
秘伝シリーズ
サクラ、木ノ葉病院内に新施設創設!!
【サクラ秘伝 思恋、春風にのせて】
秘伝シリーズ
六代目火影より特別任務発令!!
【木ノ葉秘伝 祝言日和】
◎ナルトとヒナタ結婚!!
秘伝シリーズ
風影・我愛羅、20歳に!!
【我愛羅秘伝 砂塵幻想】
秘伝シリーズ
サスケ、"暁"に家族を殺された兄弟と出会う
【暁秘伝 咲き乱れる悪の華】
真伝シリーズ
うちはサスケ贖罪の旅の真実!!
【サスケ真伝 来光篇】
JC72巻
【700：うずまきナルト!!】
◎ナルト、七代目火影となり木ノ葉を治める!!
数カ月後
数カ月後
現在
10数年後
◀下段へ続く…
新伝シリーズ
「親子の日」創設!!忍親子の短編集!!
【ナルト新伝 親子の日】
新伝シリーズ
サラダたち新第七班とサスケが共同任務に!!
【サスケ新伝 師弟の星】
新伝シリーズ
五影会談紛糾!!シカマルの一手とは？
【シカマル新伝 舞い散る華を憂う雲】
烈伝シリーズ
カカシが落ちこぼれ少年の家庭教師に!!
【カカシ烈伝 六代目火影と落ちこぼれの少年】
烈伝シリーズ
夫婦にして相棒、サスケとサクラが挑む!!
【サスケ烈伝 うちはの末裔と天球の星屑】
烈伝シリーズ
ナルトと大蛇丸が共闘!!
【ナルト烈伝 うずまきナルトと螺旋の天命】
JC【BORUTO-ボルト- -NARUTO NEXT GENERATIONS-】へと続く!!

つながる!!
忍者学校《アカデミー》時代!!!!
全5冊で
忍者学校《アカデミー》生活の
すべてがわかる!
イラストは
池本幹雄 先生
描き下ろし!
BORUTO
-ボルト-
-NARUTO《ナルト》 NEXT《ネクスト》 GENERATIONS《ジェネレーションズ》-
NOVEL